# OS FILHOS DE
## REBECA M

ANA CRISTINA FEIJÓ

# OS FILHOS DE REBECA M

Título: Os filhos de Rebeca M
Copyright©2022
Revisão: Giovanni Pinolli
Design da capa: Conceitus_Studio
Diagramação: Conceitus_Studio
Editor-chefe: Filipe Calueio



Feijó, Ana Cristina
Os Filhos de Rebeca M
Ana Cristina Feijó

1°ed. -Florianópolis - CS. : YE - Yoleli, 2022.

ISBN- 978-65-996535-5-1

---

CDD-869.3

Telf.: +5548998110640
Email: ecalueio@gmail.com

# Sumário

# PREFÁCIO

Você pode fazer diferente porque tens em mão um testemunho precioso. Se eu fizesse deste prefácio uma síntese desta obra de arte literária, certamente estaria a cometer um erro crasso.

A autora Ana Cristina Feijó rompeu a intentona da procrastinação. Ela, a sua maneira ousada, e com a força de guerreira que é, deu vida aos FILHOS DE REBECA.

Você conhece o valor da vida que é única para cada um de nós. Neste livro o valor da vida é apresentado como a génese da nossa existência, ovulação, desenvolvimento, nascença, vivência, emoções, e muito mais...

É preciso cada um de nós ler para desvendar o que nos reserva o livro OS FILHOS DE REBECA.

Se alguém estiver sentado, em pé ou relaxado a beira de um rio, com as pernas mergulhadas na água, com o objectivo de refrescar os pés ou se alguém estiver a ser transportado por um veículo automóvel; a recomendação é do conhecimento de ter que olhar para este livro que nos dá a possibilidade de sairmos da nossa zona de conforto. Leia e aproveita enriquecer o teu saber com este livro que não tem nenhuma razão de ter o seu conteúdo transformado em síntese, sob forma de prefácio como tem sido prática de muitos que infelizmente ainda não tiveram o beneplácito de poder ler OS FILHOS DE REBECA da autora Ana Cristina Feijó.

É um privilégio para mim poder partilhar a vida criada pela Ana Cristina Feijó. O parágrafo a seguir é uma das chaves de entrada para fazeres parte da vida dos Filhos de Rebeca.

"– Marc– disse o Alberto, num tom de voz de desespero,— Temos de pedir ajuda.

Provavelmente, algo possa ter acontecido. Ela não está em lado nenhum! Pode ser que algo tenha acontecido ou esteja em perigo. Faz mais de uma hora que está ausente. Vamos, Alberto, rápido!

Ela deve estar a precisar de nós. Eu ligo para a polícia, enquanto tu orientas as senhoras com as crianças. Meu Deus, não acredito que esteja acontecendo uma coisa dessas comigo!". – Pois é; são extratos do livro que tens em mãos, o qual, desejo para si uma óptima leitura.

Para autora Ana Cristina Feijó que não  tem nada de novata no mundo da literatura, desejamos sucessos e mãos-a-obra escrevendo o próximo livro.


*Bento José dos Santos*
Ms/CMP
Comunicólogo e Escritor.

# CAPÍTULO I
# REBECA M & JOKE

Nada parecia mais calmo do que o parque de Gullegem, mais conhecido como Domain Bergelen. A origem deu-se a um poço de extração de areia cavado em 1970, com um tamanho de 54 hectares, repleto de campos, florestas, prados e lugares que fazem a delícia dos habitantes. Uma das grandes particularidades deste parque era a cabana onde é possível a observação de pássaros de espécies raras. Durante a semana, eram, logo pela manhã, observados os amantes de desporto a fazerem o seu jogo matinal e, à tardinha, o passeio dos amantes da natureza, nos fins-de-semanas, era possível ver piqueniques familiares e jogos que a floresta oferecia, para alegria de todos. Para os visitantes do parque, ele oferecia, além de aventuras, os passeios sobre o longo trajecto que podia se fazer tanto a pé como de bicicleta.

A chegada do jeep de vidros fumados vindo de lado nenhum estaciona no parque, numa das áreas mais discretas, luzes apagadas, tudo feito metodicamente, para evitar olhares indiscretos entre os arbustos de forma completamente isolada dos outros que preferiam estacionar mais próximo possível da entrada, onde, antes de começar a caminhada, se podia apreciar as bebidas típicas da região. Ao lado do motorista, a figura esbelta de Rebeca M, que vestia um elegantíssimo vestido de seda preto, sapatos altos, cabelo castanho escuro de lado com ondas, batom vermelho delineado, óculos escuros ao estilo dos anos quarenta.

A típica mulher fatal  e bem sucedida o seu perfume era tão cativante que atrai todo o tipo de curiosidades. Para Rebeca, nunca teve tanta expectativa num encontro, apesar de misterioso e confidencial, com um ligeiro aceno  gracioso de mão,  seu  discreto motorista percebe  que estava pronta para sair.  Joke, era  assim o seu apelido devido ao facto de estar sempre sério, não havia nada nem ninguém que o pudesse  pôr um sorriso  naquele rosto. Um homem grande  de 1,95, vestido com  um blazer, com gilete barbal, uma figura típica de um guarda costa que vimos em  filmes de Hollywood ou acompanhante  de grandes popstar, uma figura  tão impressionante, impossível passar despercebido, cabelo, completamente, raso, olhos escuros, todo ele vestido de preto, não calçava menos que 44. Para todos os passantes habitantes da vila, a questão era a seguinte:

- Quem são?

- De onde provém?

Tudo indicava que não pertencia àquela região. O que mais chamou atenção era a grande cicatriz que tinha do lado direito, em forma de v, devido a uma cirurgia  feita aos vinte anos, quando o jovem pugilista amador foi o grande vencedor das olimpíadas de Sidney. No mesmo ano, Joke preparava-se para o grande combate que iria decidir o seu futuro como pugilista profissional. Foi neste combate que aconteceu a grande fatalidade. No penúltimo round, Joke levou um golpe do seu adversário que selaria o seu futuro como pugilista, para sempre. A face, completamente, ensanguentada, olhos que pareciam estarem no vazio. O corpo de Joke jogado ao chão, rodeado por todos aqueles que o amavam, eram choros, gritos de desespero, quando, por fim, depois de várias tentativas de reanimação, em estado grave foi levado por helicóptero, para serviço de traumatologia de um hospital especializado. Seis meses depois, Rebeca M, jovem desesperada por ter perdido seus gêmeos    e o seu noivo em cuidados intensivos, resolve passear pelos corredores do hospital com  passos lentos, mas firmes, respiração um pouco ofegante, cabelos presos e olheiras visíveis que era quase impossível definir a cor dos seus olhos.  Após ficar acamada por dois meses  devido a um grave acidente, Rebeca e seus gêmeos iam no banco de trás. Sorridente ao volante, ela perguntou: amor, esta camionete com as luzes  no máximo vem em  sentido contrário,  em nossa direcção?

Neste dia, as condições  meteorológicas estavam óptimas. Não tinha como se preocupar, a conversa fluía amenamente. O encadeamento começou  a fazer-se sentir, o seu  noivo fez  várias tentativas de desviar  o outro  motorista, mas foi em vão, era  zigzag  de esquerda para direita:

- Meu Deus, o que eles querem? Questionou o marido.
- Amor, fica calmo! Devem estar embriagados! Eles estão a vir em nossa direcção, meu  DEUS !
- NÃO PARA! Aiiiiiii, buzina, vamos bater BUZINA! pooooooommmmmm! Bommmmmmm!

O barulho era tão forte  que só se ouvia gritos. O seu noivo tinha as duas mãos sobre o volante e parecia desacordado. A Rebeca estava consciente, mas o sentimento de peso nas suas pernas era tão grande, impossível de levantar ou fazer qualquer outro movimento.

- Meu Deus, o que se passou?!
- Podemos ajudar?
- Já chamamos  ambulância. Fique tranquila, por favor, os meus bebês!

- Salvem os meus bebês! O casal de gêmeos chorava, desesperadamente, e estendia as mãos para a sua mãe que não conseguia chegar até eles. Um dos gêmeos puxava o vestido branco coberto de sangue que quase cortava a respiração de sua mãe.
- Não se preocupe, estamos aqui para ajudar! Vamos cuidar dos bebês até chegar alguma ajuda.

Rebeca olhava atentamente, à mulher que tinha aparecido do nada. Sua voz era suave e reconfortante. A sua visão estava fusca, falava com tanta segurança que tudo iria sair bem, que ela deixou que tomasse seus bebês, em companhia de dois homens que estavam presentes no local, olhares frios e distantes, afastados de forma que Rebeca não pudesse ver suas fisionomias .

- Eu sou enfermeira! Como intuição, não parava de fixar para ela. De forma intensa, os seus olhos brilhavam, enquanto se contorcia de todos os lados, com uma voz fraca. Era quase impossível ouvir o que dizia, a enfermeira inclinou-se para ouvir Rebeca dizer: Obrigada, por ter salvo os meus bebês! O aparato da polícia e ambulância eram enormes, serviço de reanimação de bombeiros. Ouvia-se vozes de todo o tipo. Era tudo o que Rebeca se lembrava, após um coma de quinze dias. O seu noivo não teve a mesma sorte. Ainda em coma, as visitas de sua amada eram constantes, apesar de estar enfraquecida.

- Vais ficar bem, meu amor, porque vamos, juntos, ultrapassar tudo isso!
- Rebeca, acorde, seu noivo não está nada bem, o seu estado

de saúde é grave e, infelizmente, está com um diagnóstico vital comprometido. Barulho dos aparelhos assustador e pacientes estavam entubados. Alguns familiares estavam presentes numa visita que demorava apenas cinco minutos e cada paciente que passava era uma oração. O ambiente frio dava para ver o desespero dos familiares. Quase ao chegar à cama do seu noivo, Rebeca fazia-se acompanhar de uma assistente e uma psicóloga.

- Desculpe, perdi o equilíbrio!

- Não se   preocupe, eu também quase cai em cima do paciente! O que se passa e por que eles estão a correr ?

Deve ser uma emergência.

- Viram que eles estão a correr com este jovem acamado?
- Vimos, sim.

- Espera, aí! Estão a pô-lo próximo do meu noivo, por isso, estou toda arrepiada!

- Fique calma!

- Seu estado é grave, por isso, temos feito de tudo para mantê-lo em vida, mas, de ontem para hoje, tem piorado de forma considerável, isto é, o seu organismo não tem respondido ao tratamento

- O que se pode fazer, doutor?

- Sinceramente, se for crente, ore! Tudo o que a medicina permite fazer, até aqui, já foi feio.

- Amor, por favor, não me deixes. Acabei de perder nossos gêmeos. Não te posso perder, o que será de mim?

- Doutor, o que se passa? Por que este barulho de repente? Por que estes aparelhos não estão a reagir?

- Despeça-se  de seu noivo, ele está a partir! Olhar fixo, olhos grandes e abertos. Nem uma lágrima, nem um grito, o coração pulsando, cara pálida, como se nesse preciso momento nada mais importasse, as mãos frias, palavras fugiram, vontade de dar  um abraço, mas, pelo medo da despedida, dor no peito, dor na alma, mente confusa. Será um sonho? Não! O sonho não pode ser assim  tão real. Pesadelo só pode. Vou acordar, vai ficar tudo bem. Não! tenho que abraçá-lo, tenho de sentir os últimos batimentos, dizer algo, que coração está doendo, vou sobreviver? Não quero?! O silêncio está a dar cabo de mim. Diga algo, por favor! Faça algo! Amor, vai em paz, vai cuidar dos nossos filhos! Estaremos juntos, dentro em breve. Não chores por mim, porque eu estarei bem.
- Infelizmente, ele partiu!

- Não se preocupe, pois podes abraçar-me, querida. Todos estamos, aqui, contigo.

- Não tive tempo para despedir-me dos nossos gémeos, sequer fui ao funeral. Agora, tenho três tumbas para chorar! À medida que a Rebeca avançava, algo chamou sua atenção. Olhou para  a direita,  foi  à esquerda que fez parar o seu coração, pôs a mão na sua cabeça e parou. Inclinou a sua cabeça,  de forma robótica, e apareceu um dos pacientes  a mexer a mão,  algo que ninguém, naquele momento, tinha reparado.

Num primeiro momento, aproximou-se e chamou uma enfermeira que, de início, não prestou muita atenção devido ao seu estado de choque. A sua grande insistência valeu apenas. Era assim, era Joke quem acabava de sair do seu coma. Então, a enfermeira chamava, imediatamente, a assistência médica. Rebeca aproxima-se-de Joke e diz:

- Eu sabia que ele estava acordar. Joke, ainda confuso, abre os olhos, e fixa, profundamente, para Rebeca e sussurra algo. Rebeca aproxima-se,  inclina-se a   segurar a mão de Joke e percebe que ele diz obrigado. A emoção era tão grande que os olhos encheram de lágrimas a respiração acelerada e não conseguiu conter toda a sua emoção, pelo que, Pouco tempo depois, a sua irmã se aproxima de Rebeca, depois de ter tido uma conversa com a enfermeira.

- Minha querida, sei que está a passar por um momento difícil. Obrigado! Mesmo estando a passar por uma dor tão grande, teve tempo de prestar atenção ao meu filho. Tem, aqui, o meu contato e, se precisar de conversar, estarei aqui.

- Muito obrigado! O seu filho é um guerreiro com vontade de      viver. Meses depois, Rebeca começou a fazer parte da família. Ela  e o seu noivo eram de origem francesa. Não tinha família na Bélgica, pois a de Joke foi uma benção para ela. Vinte anos depois, Rebecca é uma mulher de sucesso.

Após criar a sua própria marca de cosméticos, sempre em companhia do seu grande amigo e legítimo protetor. A visita em Wevelgem não foi em vão. Rebeca, após vinte anos ausente precisava visitar o local do acidente que separava Wevelgem em direção à Moorsele. Neste dia, ela Não tinha um encontro muito importante, precisava de saber o que aconteceu com os seus gémeos. Quem era a enfermeira que ajudou a salvar as crianças? Por que enterram os seus filhos sem a presença de um membro da sua família e onde tinham sido enterrados?

De regresso  a Bruxelas, Rebeca saiu com a convicção de que algo não estava claro, que talvez o seu acidente tenha sido  premeditado e que estava decidida, mais do que nunca, a descobrir a verdade  e fazer justiça, se os seus filhos estavam realmente mortos ela precisava de saber onde foram enterrados para assim terminar o seu luto. Era importante para ela que os seus filhos estivessem  enterrados ao lado de seu marido, que se encontrava no Cemitério Municipal de Wevelgem.

# CAPÍTULO II
## SANGUE NO PARQUE

- Amor, o dia está lindo demais, por isso, seria um desperdício se ficássemos em casa. Não achas?

- Excelente ideia! Esta semana foi muito carregada de trabalho e têm surgido, na clínica, mulheres cada vez mais jovens, com problemas de fertilidade. O que eu mais quero, hoje, é passar um dia de sol com a minha família. Não percamos mais tempo, vamos pegar as crianças e direitinho ao parque!

- Tu és o meu raio de sol! Obrigado por cuidarem tão bem de mim e dos nossos filhos!

- Alberto, não sei o que seria de mim se não te tivesse na minha vida. Amo-te, meu amor. Era este clima de amor e cumplicidade que o casal Alberto e Laura preparava, para um dia de sol, em companhia dos seus progenitores: Dilangue de doze anos e os gémeos Dulceline e Weza de onze anos de idade. O clima era idílico, as crianças cantarolavam e os pais lançavam-se olhares apaixonados. Para Alberto e Laura, nada e ninguém poderia estragar um dia tão especial. O lago estava divino, a água estava cristalina, como se de uma pintura se tratasse, digna de ser exposta nos maiores museus deste mundo. Wevelgem é um município Belga de trinta e cinco mil trezentos e vinte e nove habitantes na província de Flandres ocidental, onde o casal Aberto e Laura escolheram para fundar a sua família. Neste dia de sol que o casal decidiu aproveitar um dos sítios privilegiados da vila, o parque de Wevelgem.

A chegada ao parque foi como de hábito: as crianças corriam de um lado para o outro aos gritos. Alberto tirava os mantimentos do carro, enquanto Laura corria atrás das crianças. Ao mesmo tempo, outros casais foram chegando com os seus filhos e a gritaria aumentava à medida que as crianças se juntavam em corridas.

- Meninos, atenção, devagar para não se magoarem! Adam, não empurres a tua irmã! Laura corria quase sem fôlego atrás das crianças que não paravam em lugar algum.

- Impossível pará-los, ah. Boa tarde! Eu sou o Marc e esta é a minha esposa Régis. Somos os pais de Inês e do pequeno Arthur que nascerá daqui a seis meses. Inês ficou filha única durante muitos anos e, quando ela vem ao parque, a primeira coisa que ela faz, sempre, é ir ter com as outras crianças e correr atrás. Foi uma filha muito desejada e Régis teve dificuldades para engravidar. Então, decidimos recorrer à ciência e, acredite, foi a melhor decisão das nossas vidas. Como não queríamos que Inês fosse a única filha, decidimos que lhe dariam mais um irmão ou uma irmã. Graças a Deus, desta vez foi rápido e ela ficou logo grávida. Uma benção para nós, porque teremos um rapaz.

- Se eu pudesse, teria mais. Mas, infelizmente, tenho de recorrer à ciência para tê-los... Então, ficaremos por aqui.

- Marc, ainda não tive o prazer de conhecer, mas a sua esposa Régis já teve a oportunidade de cruzar várias vezes ao supermercado, inclusive, pertencemos ao mesmo clube de aeróbica.

- Pois é, Laura. Finalmente, as nossas famílias puderam conhecer-se.

- Engraçado, pois o Alberto é ginecologista, especialista em fertilização. Como o mundo é pequeno!

- Realmente, muito pequeno mesmo! Eu ajudei centenas de crianças a virem ao mundo, amo a minha profissão, não imagino fazer algo diferente. Do sorriso deu-se lugar a um silêncio que podia ouvir o cantar dos pássaros, tudo isso devido ao olhar estranho que se instalou entre Régis, Alberto e Rosy, que tinham acabado de chegar com a sua amiga Meg. Foi um momento estranho, como se os três tivessem tido um "déjà vu" que foi quebrado por uma nova visitante, que acabava de chegar e juntou-se a eles.

- Desculpem-me por interromper! Eu sou a Meg. Está um dia lindo, não acham? O sol tem a particularidade de juntar as pessoas, como se fosse magia. Eu sou nova, aqui na vila de Wevelgem, e tenho dois filhos adolescentes. Então, não se preocupem com nada, pois resolvi trazê- los ao parque para apanharem um pouco de ar. Os meus filhos estão numa fase extremamente difícil onde eles acham que o mundo inteiro está contra eles (risos). Por isso, tirá-los de casa é quase uma missão impossível!

- Ah, são aqueles meninos vestidos de preto?!

- São, sim! Ultimamente, o Valdir e a Liliana têm a impressão de que eles só têm uma muda de roupa, o que é engraçado, e aquelas crianças são meus sobrinhos Evânio e Brunesia, filhos da minha irmã mais nova, que teve alguns problemas dos quais resolvemos que era melhor eu ficar com as crianças, enquanto ela se resolve. Infelizmente, ela fez uma má escolha, em sua juventude, e, como familiar mais próxima, fiquei com a guarda dos miúdos. Sou viúva, tendo perdido o meu marido num acidente rodoviário há cinco anos. A presença das crianças veio dar mais alegria à nossa família.

- Oh, meu Deus, que falta de educação! Esta é a minha grande amiga Rosy, amiga de longa data, que foi uma pessoa muito importante numa fase difícil da minha vida.

- Oh, Régis, sempre tão querida! Tu também és e serás uma pessoa especial na minha vida. Sou divorciada, ainda não tive o prazer de provar a maternidade. O meu casamento demorou muito pouco tempo, porque as coisas não correram muito bem. Queríamos muito ter filhos, mas, no momento, as coisas já não estavam muito bem e se quiserem saber, para já, foi a melhor decisão que tomei. Agora, vivo de um continente para outro e amo bastante o meu trabalho. Gostei do facto de a Régis me ter convidado para ser madrinha do pequeno Arthur. Sou jornalista de investigação e tenho muito pouco tempo para mim. Ainda assim, o meu maior desafio, agora, é ser boa madrinha. Como madrinha, fiz questão de estar presente para a escolha das cores do quarto. Estou super entusiasmada! Admirada, confesso que a vossa vila é linda!

- É engraçado que a sua cara não me parece estranha, por isso, tenho a impressão de já a ter visto antes.

- É possível que, como jornalista, já a tenha visto algumas vezes, em alguns programas de televisão. Realmente, tenho tido muito este problema: dizem-me que as minhas feições se identificam um pouco com algumas de todo o mundo.

- Muito estranho, eu não tenho este hábito de não reconhecer as pessoas. Por acaso, sou muito bom fisionomista, a sua cara é muito familiar, para mim.

Aberto, estás a deixar a Rosy constrangida. Amor, podes tê-la visto na televisão. É muito normal, porque ela é jornalista.

Peço desculpas a Rosy. Se lhe causei algum transtorno, acredite, não foi minha intenção.

- Engraçado, disse Marc. Eu tive a mesma impressão quando tive o primeiro contacto com  a Rosy.

- Bem, acho que as crianças já devem estar com fome. É melhor chamá-las para comerem qualquer coisa, não acham? Disse Laura, para evitar que a conversa não se prorrogasse.

- Nós vamos dar uma volta, mãe!

- Cuidado! Valdir e Liliana deixaram cair as coisas da senhora, não sei por que tanta pressa. Os adolescentes estavam tão distraídos que acabaram por derrubar a cesta de uma senhora que se preparava para fazer o piquenique.

- Peço desculpas, minha senhora, estes jovens de hoje em dia estão cada vez mais imprevisíveis.
- São seus filhos?
- São, sim!

- Então, deixa-me dizer algo. Detesto crianças mal educadas, aconselho a rever o seu método de educação!

- Oh, minha senhora, desculpe-me intrometer-me na sua conversa. Mas se fizer uma análise correta da situação, não se trata de educação, mas, sim, de um descuido da parte das crianças e, se prestou bem atenção, eles pediram desculpas. Por isso, vejo que é a senhora quem está a ser mal educada.

- Aborrecida, Régis era uma mulher de carácter forte, detestava injustiças e estava sempre do lado dos mais necessitados. O comportamento desta senhora, no parque, era intolerável para ela. Tratando-se de dois adolescentes, não havia razão para  essa falta de respeito.

- Oh, Mary, estou a morrer de fome, eu não vim ao parque para ficares na fofoca com as  tuas amigas da rua. Roberto, um homem de aspecto de alguém que já foi bem tratado traços finos, era esposo de Mary. Ela tem uma estatura elegante,  com sinais de que a vida lhes pregou uma partida. Atitude duvidosa, extremamente arrogante, o que fazia com que fossem confundidos como marginais.

- Não são minhas amigas, não conheço essa gente de lado nenhum!

- Já disse várias vezes que não quero falar com gentinha.

- Gentinha! Exclamou Alberto, sob o olhar indignado de todos.

- O senhor é um autêntico mal educado, não sei se sabe que está a falar com senhoras. Eu não admito que o senhor fique aqui nem mais um segundo.

- Não sei se estão cientes que estamos num local público. Se estão incomodados, aconselho-vos a mudarem-se, porque o senhor não tem autoridade para expulsar-me do parque.

- Por favor, meu senhor, está um dia lindo! Temos, aqui, crianças, pelo que vamos evitar e aproveitar este dia cheio de sol na tentativa de acalmar os ânimos!

- Nós vamos, mas isso não fica assim! Não aceito intimidação, muito menos falta de educação. Espero nunca ter de cruzar nenhum de vocês no meu caminho, pois acaso ocorra o contrário… E dizendo isso teve um gesto de desprezo, expulsando a saliva para o chão. Para a indignação de todos, o casal afastou-se e foi quando Meg disse:

- Não, vocês não saem sem comer algo! Os adolescentes Liliana e Valdir, sem saberem como agir perante um tal acontecimento, ficaram imóveis assistindo à cena sem citar uma única palavra com sentimento de culpa e indignação.

- Tarde demais! Mas, mãe, marcamos com uns amigos, temos algo importante a fazer e já estamos atrasados, tchau!

- Estes meninos são incríveis. Eles têm sempre algo a fazer, mas reclamam que nunca têm nada para fazer, não compreendo mais nada. Felizmente, tenho os meus sobrinhos.

- É verdade: imagina que os nossos pais também passassem por isso. Ah!

- Tens razão, Regina, tudo a seu tempo. Os meus são, ainda, pequenos, mas já imagino o carácter deles. Não achas, Alberto?

- Verdade, amor, os gémeos, sobretudo, já dão indícios de carácter definido.

Depois disso, os pais foram à busca dos seus filhos. À medida que avançavam, as crianças corriam cada vez mais distante, até que, num determinado momento, começaram a correr de volta, como se tivessem visto algo que as aterrorizava. Elas corriam aos gritos; não se tratava mais de gritos de alegria, mas, sim, de terror e, à medida que se aproximavam dos pais, abraçavam, como se estivessem pedindo socorro; a agonia e o desespero eram visíveis no rosto das crianças. Os pais ficaram sem saber o que se estava a passar, porque aquele ambiente idílico estava a tornar-se num clima de terror para as crianças. Foi então que Marc e Alberto, depois de atestar que as crianças estavam seguras, resolveram inspeccionar o sítio e descobrir o porquê do pânico. Não foi preciso terem feito uma grande distância quando se aperceberam de uma mini camionete com um grupo de quinze indivíduos. Divertiam-se em sacrificar animais e em fazerem pactos satânicos. O problema tornou-se grande, quando eles viram as crianças e puseram-se aos cantos e risos, exibindo as presas ensanguentadas, como se de nada fosse.

- Vamos chamar a polícia, visto que esta é uma atitude criminosa. Logo, não podemos deixar estes indivíduos impunes e permitir que eles perturbem as nossas crianças!

- Concordo, plenamente, com o Marc: este parque é de grande referência na nossa cidade, nunca vi nem ouvi algo parecido, temos de agir e já.

Não tardou, a polícia apareceu. É de realçar que a polícia, nesta região, é de muita precisão. Leva muito a sério o bem estar dos seus habitantes. Raramente, ocorrem incidentes nessa região. Depois de acionada, foi como se tivesse caído de paraquedas. Depois de ouvida, fez apreensão dos indivíduos  e levados para o interrogatório, garantido que as medidas seriam tomadas, para  que tal acontecimento não voltasse a ocorrer. E à medida que eram encaminhados pelos policiais,  lançavam palavras de ameaça a todos os que se encontravam no parque, dizendo que haveria retaliação, insultos, perjuras, etc. Depois de todo este acontecimento, o ambiente ficou tenso e as famílias preparavam-se para regressar às suas casas. Foi então que um grupo de adolescentes encabeçado pelos dois filhos de Meg, criaram um tumulto, com gritos e ameaças aos visitantes do parque.

- Meninos – gritava Meg –, parem com isso, porque não foi a educação que eu e o vosso falecido pai vos demos! Arrumem as vossas coisas e vão imediatamente para o carro!

- Que vergonha, meu Deus! Peço imensas desculpas. É que, ultimamente, esses meninos só me têm dado problemas, ja nao sei o que fazer.

- Não te preocupes, Meg, pois todos nós fomos adolescentes. Todos tivemos momentos difíceis. Claro, para eles, o facto de terem perdido o pai tão cedo, pelo que se nota, não ajudou. Erros todos nós cometemos, pelo que eles ainda vão a tempo de corrigir.

- Se eu não te conhecesse  e não fosses minha esposa, ouvindo isso, ficaria com a impressão de que tens algo a esconder.

- Oh, Marc!

- Bem, o positivo do dia de hoje foi que encontrei novos amigos e espero vê-los dentro em breve – disse Alberto.

- Com certeza, assim que o bebé nascer, farei questão da vossa visita.

- Regis, almejo não esperar tanto para dar-nos o prazer da tua visita. O Alberto fará anos, próximo mês, e gostaria de ter o prazer da vossa presença, para degustar a minha famosa tarte de morangos e o meu doce de castanhas.

- A tarte da Laura é simplesmente divina, para não falar do doce de castanhas!

- Oh, Alberto, carinhoso como sempre. Obrigado, meu amor!

- Marc, enquanto ajeita  a Cris no carro, vou refrescar um pouco os meus pés, visto que  todo  esse tempo de pé fez com que eles ficassem um pouco pesados. Acredito que esta água fresquinha vai aliviar um pouco. O facto é que, ultimamente, tenho tido sempre problemas com os meus pés inflamados. O Marc ofereceu-me um creme à base de produtos naturais, ontem fiz uma pequena massagem antes de sair de casa e ajudou bastante, mas eu tenho um peque-no hábito: nunca saio  do lago sem molhar os  meus pés. Amor, será que podes passar este creme milagroso? Já se tornou um vício, ah!

- Está bem, amor! Não demores, espero- te no  carro.

- Mas, Régis, não é  melhor  utilizares o creme, depois de saíres da água?

- Laura, o Marc confeccionou ele  mesmo o creme, uma receita de uma das viagens que fez ao México que, feliz ou infelizmente, só funciona ao contacto com a água. Parece engraçado, não é? Eu sou testemunha: desde que comecei a usá-lo, há três dias, venho sempre ao parque e sinto uma sensação diferente. Todas as vezes em que uso, na verdade, é como se tivesse poder relaxante.

- Oh, amor, é um simples creme, feito à moda antiga. Não há segredo algum. Antigamente, os tratamentos eram todos feitos de forma tradicional, a natureza tem muitos segredos que até agora não foram descobertos.

- Bem, este é o meu contacto – disse Marc.
- Aqui, vai o meu e o da minha esposa Laura.

Está a fazer-se tarde. Olha aquele grupo de jovens em nossa direcção, seria melhor partirmos.  Agora, já tivemos uma carga suficiente de emoções. Começo a ter um mau pressentimento.

- Concordo contigo. Alberto, a Régis já deve estar chegando, já passou mais de uma hora.

- O dia de hoje foi tão emocionante, não imagino o que poderia acontecer de outro.

- Oh, Meg!

- As crianças estão acomodadas no carro, seria bom avançarmos um pouco, enquanto esperamos a Régis. Está a fazer-se tarde, acho que ela está a demorar um pouco. Não se importam de controlar a Inês, enquanto eu vejo  a Régis?

- Com certeza, eu vou contigo. Vocês,  esperem por nós dentro do carro.

- Obrigado, Alberto! Depois de alguns minutos,  começou a ficar preocupado.

- Normalmente, ela não vai tão longe, eu não a vejo, aonde será que ela foi? Inquieto, corria de um lado para o outro, neste caso, chamando o nome da sua esposa. Começou a instalar-se um clima de pânico, Marc corria de um lado e Alberto, de outro. O desespero era total, tentou gritar, com todas as suas forças, pelo nome da sua amada.

- Marc – disse o Alberto, num tom de voz de desespero, — Temos de pedir ajuda! Provavelmente, algo possa ter acontecido. Ela não está em lado nenhum! Pode ser que algo tenha acontecido ou esteja  em perigo. Faz mais de uma hora que está ausente.

- Vamos, Alberto, rápido! Ela deve estar a precisar de nós. Eu ligo para a polícia, enquanto tu orientas as senhoras com as crianças. Meu Deus, não acredito que esteja acon-tecendo uma coisa dessas comigo! Se acontecer algo com a minha esposa, eu não sei o que será de nós.

CAPÍTULO III

# O DETECTIVE WILLIAMS

Poucos minutos depois, a polícia apareceu com todos os dispositivos necessários para um eventual resgate – bombeiros, cães farejadores, nadadores, até mesmo helicópteros! O detective Williams foi o primeiro a chegar ao local. A primeira coisa que fez, então, foi dar a sua mão a todos e, todas as vezes em que a dava, limpava com um lenço de papel, uma atitude que ninguém compreendia. As crianças também foram vítimas, facto que indignou todo o mundo.

- Boa tarde! Apresento-me. Sou o detective Williams e esta é a minha inspectora Thena. Nós vamos fazer todo o possível para encontrar a sua esposa. A área está a ser toda revistada. Então, se ela estiver aqui, vamos encontrá-la. Deixe-me sublinhar que hoje é a segunda vez em que a polícia é chamada para este parque.

- Pode dizer-me, exactamente, a que horas a sua esposa desapareceu?

- É verdade. Tivemos uma situação um pouco estranha: um grupo de jovens juntou-se para fazer rituais satânicos, mas os seus colegas já tomaram conta da situação. A minha esposa desapareceu, aproximadamente, há cinquenta minutos. Eu sei, porque foi o carro e vi que horas eram. A situação era complicada para ser registrada, porque se encontrava grávida de seis meses. Então, não havia tempo a perder, olhando que se tratava de uma situação de emergência.

27

- Por favor, senhor Marc, preciso de algumas informações sobre a sua esposa!

- A sua esposa tem inimigos?
- Não! Digo-lhe já que a minha esposa é a pessoa mais adorável que conheço, amiga dos seus amigos.
- Teve, recentemente, algum desentendimento com alguém ?
- Não, que eu saiba!
- Tem alguma patologia?
- Não, que eu saiba!
- Estava aborrecida, se quando ausentou? Por exemplo, depressão ou algo que desse a entender que tinha comportamentos suicidas?

- Não, estava muito feliz e ela sempre quis ter um casal. Os nossos filhos não foram concebidos de maneira natural, ter um casal era o sonho dela.

Apesar de as famílias terem se conhecido em poucas horas, o clima era de muita preocupação e tristeza ao mesmo tempo. O silêncio era tal, que não se imaginava que este mesmo parque há umas horas atrás só se ouvia gritos e sorrisos de crianças felizes. O grito da agente foi feito logo a seguir.

- Inspector, inspector, há algo aqui!

O pânico instalou-se de tal maneira que por uns segundos quase se ouvia os batimentos cardíacos de cada um. Como era de se esperar, correu Marc em direcção ao agente, como se fosse um louco.

- Por favor, deixem-me passar! Preciso saber o que se passa.

- Ela está morta? Por favor, ela está morta?!

- Por favor, meus senhores, esta área, a partir de agora, pertence à polícia. Sim, a sua esposa está morta. Lamento muito!

- Não, por favor! Não, Régis, não, Régis! Ela não, ela não!

- Marc, por favor, vem comigo, deixa a polícia fazer o seu trabalho!

- Alberto, eu preciso vê-la, preciso ter a certeza de que é a Régis. O que vou dizer à minha filha? Como vou fazer?

Marc era um homem desportivo e Alberto não conseguiu segurá-lo por muito tempo, pelo que, quando ele menos esperava, Marc conseguiu soltar-se e, numa fracção de segundos, a cena do crime parecia ter saído de um filme de terror. Durante a sua carreira de detective, jamais William tinha se deparado com tamanha violência em relação a uma pessoa – uma daquelas cenas que ficam marcadas na memória de tão horrível.

Aproximou-se da sua amada, que se encontrava deitada no chão e, completamente, ensanguentada. Régis apresentava feridas defensivas nas mãos e nos braços, sinal de que ter-se-ia defendido, mas o agressor acabou por vencer. Sem ter tempo de pedir ajuda de cabeça para cima, tinha enormes hematomas visíveis na cabeça. Ao observar o corpo, o detective soube que tinha enormes traumatismos. Na verdade, o que mais chamava atenção era uma marca no seu rosto que parecia uma marca de sapato.

Um acto incompreensível, porque não é normal uma mulher grávida sofrer tamanha violência. Inquietante e assustadora de como tudo se passou em uma questão de minutos.

- Meu senhor, infelizmente, a investigação deste caso tem um fim trágico. Então, em meu nome e da minha equipa, receba as minhas sinceras condolências, pois, como deve imaginar, temos de fazer o nosso trabalho e o objectivo é descobrir o que aconteceu, como aconteceu, por que aconteceu. A minha equipa e eu faremos os possíveis para que se obtenha as respostas o mais rápido possível. Não poderão ficar aqui, por isso, vamos ter de liberar o lugar para os técnicos forenses averiguarem o que, realmente, se passou aqui. Peço-vos que aguardem fora deste perímetro. Eu preciso tomar nota de alguns acontecimentos e, depois, estarei a vosso dispor.

- Claro, senhor inspector! Vou cuidar da minha filha, ela vai precisar de mim agora mais do que nunca — Respondeu Marc, com uma voz rouca.

- Senhor detective, por favor, descubra o que se passou com a minha esposa e o meu filho!

O que o detective não compreendia, de facto, era que o assassinato ocorreu num parque repleto de gente e não houve uma única testemunha, como se o assassino tivesse saído do nada, cometeu o crime e evaporado pela natureza algo incompreensível, logicamnte não tinha explicação. Só podia ter sido cometido por alguém que conhecia bem o parque. Williams não acreditava que Régis tinha sido morta por tentativa de roubo. Visivelmente, o motivo parecia muito mais sinistro.

- É o meu trabalho, por isso, farei tudo o que estiver ao meu alcance para resolver este caso o mais rápido possível.

Marc    dirige-se ao carro   acompanhado pelo seu novo amigo Alberto.

O   detective Williams era um homem muito particular, olhar firme, mas estranho ao mesmo tempo, como se, através do seu olhar, ele tivesse algo que impedia que os olhares se mantivessem fixos a ele. Era algo muito estranho, aparentava ser um homem firme, mas frágil ao mesmo tempo. Alguém que esconde algum mistério. Ele aparentava estar na faixa dos quarenta e oito anos, porém com muita boa aparência física: magro, com muito charme, cabeleira vasta, um metro e oitenta e dois de altura, sessenta e três quilos. A surpresa de todos foi quando o detective chegou ao local e pediu aos presentes, depois de descobrir o corpo, tendo ido tocar as mãos de cada um, chamando  atenção de todos. A sua mania de mexer o nariz de um lado para o outro, como se algo o estivesse a incomodar, era muito estranha, tendo havido já colegas que o aconselharam a consultar um especialista. Williams sabia que tudo tinha a ver com o seu historial e nunca se preocupou. Homem muito bem vestido, aparentava ser alguém de muito bom gosto, grande amante de sapatos de sola de couro que fazia com que , às vezes, os seus colegas criassem alguns debates e ele respondia à medida.

A vantagem dos sapatos de sola seca é que eles parecem rígidos ao princípio, mas,  com o tempo, vão sendo moldados pelo próprio pé e proporcionam conforto completamente natural. Dizia o inspector que todas as vezes em que o interrogava, sublinhou que o que fazia chamar tanta atenção era a sua vestimenta. Como os seus calçados nunca alteravam as cores, os sapatos sempre castanhos e os fatos eram pretos, ou castanhos, e ninguém se percebeu!? Era um detective muito competente, que começou a sua carreira muito cedo, na polícia, e sempre foi dado como alguém muito competente.

Desde muito cedo, foi detectado que o seu QI era elevado e confirmado, mais tarde, com teste de que o seu QI era de 150. A sua mãe começou a notar muito cedo que o seu filho era diferente, nascido prematuro, neste caso, aos seis meses e meio, numa época em que não estava previsto, a nível da medicina, esse tipo de acontecimento. Um verdadeiro milagre, naquela época que, apesar dos problemas que teve que enfrentar, sobreviveu e destacou-se em relação aos outros meninos da sua idade. A sua infância foi muito difícil, visto que perdeu o pai aos três anos de idade.

O seu pai era um militar, partia muitas vezes em missão, deixando-o com a sua mãe. Devido ao facto de ter nascido prematuro, tinha alguns problemas de saúde que faziam com que ausentasse muitas vezes da escola. Meses seguidos, hospitalizado e, quando regressava, era sempre vítima dos seus colegas que, apesar da sua ausência às aulas, o seu regresso era sempre notório com a melhor nota da sua classe, provocando ciúmes e abusos da parte de alguns colegas. Isso durou até aos seus doze anos de idade, quando se confirmou que o seu QI era bastante elevado para a sua idade. Pensando que as coisas fossem melhorar, com o tempo, mas a situação se gravou. Começou a ter crises de identidade, má gestão do stress, crises de agonia, taquicardia, palpitações, sufocamento e muitas vezes chegou a perder os seus sentidos. O seu pai, como partia muitas vezes em missão, tinha como hábito passar a noite com o seu lenço de bolso para deixar impresso o seu cheiro; deixar com o seu filho todas as vezes em que sentisse saudades, poderia sentir como se ele estivesse presente. Depois da sua morte, a sua mãe continuava com o mesmo ritual, isso é, tornando-se como um ritual para ele, a ponto de guardar consigo o último pijama, que o seu pai usou, dentro de uma caixa hermética, para conservar o cheiro. Envolvia o lenço durante a noite e de dia tirava-o para levá-lo consigo durante  as aulas, aliás, era a única coisa que não era preto nem castanho que o inspector possuía o lenço  com as iniciais  do seu pai: W J A. Williams Junior  Anthony.

Foi uma criança quem começou a falar muito cedo com os dois anos de idade, já articulava todas as palavras, sabia contar perfeitamente  e conhecia todas as marcas de carros. O seu pai era um grande amador de carros  tornando-se também a sua grande paixão. Aos doze anos de idade, teve uma crise grave que o levou a ser transportado de urgência para o hospital, ficando inconsciente num período de dois dias, para o desespero da sua mãe que não compreendia  por que tantos problemas na vida do seu filho. Pelo facto de ter perdido o seu querido marido, corria o risco de perder o seu único filho. Sem saber o que fazer, o único reflexo que teve foi tirar o lenço e fazer o seu filho cheirá-lo, falando  ao mesmo tempo com o mesmo. E como que por milagre, numa questão de segundos, William abre os olhos e diz:

- Mamã, o papá esteve aqui comigo!
- Oh, meu filho, claro que sim! Ele nunca te abandonou, porque esteve sempre connosco!
- Agora, sim, tenho a certeza: senti o seu cheiro, como se ele estivesse aqui.
- Onde  está o meu lenço?
- Está aqui, filho. Ele esteve sempre aqui, sempre!
- Agora, mais do nunca, tenho a certeza.
- Que bom que estás acordado, meu filho! Agora, sim, posso dar-te aquele abraço de que tanto gostas, meu filho, e puder segurar-te nos meus braços.

Depois desse período difícil, Williams decidiu que nunca mais seria o mesmo, não haveria de ver a sua mãe sofrer tanto. Prometeu para si mesmo que não permitiria nunca mais que os outros ditarem a sua vida e que o lenço do seu pai seria com um anjo da guarda, para ele. Durante toda a sua infância, aperfeiçoou várias formas de proteger-se. Devido à sua grande inteligência, Williams conseguiu adoptar várias maneiras de desenvolver os seus sentidos, como o olfacto e o tacto. Na verdade, muitos não compreendiam o porquê de determinados comportamentos, como dar a mão a todos e a forma de mexer o seu nariz. Tudo isso foi a maneira que ele encontrou para poder analisar o stress das pessoas.

Ele pode detectar o estado emocional das pessoas e fê-lo de tal maneira que todas as vezes em que se aproximaram dele sentindo, assim, as emoções das mesmas e isso dá-lhe uma certa segurança. E à medida que o tempo foi passando, ele acabou por utilizar essas intuições nas suas investigações e fazer dele o grande inspector que se tornou, não havia nenhum caso que ele não resolvesse. Os seus colegas apelidaram o inspector de "sola seca" devido ao barulho que os seus sapatos faziam ao entrar na sala de interrogatório. Com os seus dezoito anos de idade, formado em Investigação Criminal, decidiu entrar para a polícia, como era o seu sonho de criança. Devido ao bullying que sofreu, o seu desejo era ser considerado um justiceiro, para defender os oprimidos – aqueles que, como ele, foram vítimas indefesas.

- Marc, – diz Alberto – se precisar de nós, estamos aqui, porque nenhum de nós podia imaginar que uma tragédia dessas poderia acontecer, mas a vida tem razões que a própria razão desconhece.

Neste mesmo momento, Marc entrou em desespero, correu para o carro, abraçou a sua filha, murmurando baixinho "eu estou aqui, eu estou aqui, não estás sozinha." À medida que ele cerrava a filha  nos seus braços, todos os outros abraçavam-se e, num segundo, os choros dominavam as faces, tal que o desespero se instalou e começaram a fazer-se perguntas.

- Por que? – Diz Marc duas vezes – Não compreendo, não entendo!

- Fique calmo, Marc! Sei que estás a passar por um momento extremamente difícil, mas tens de ser forte, para cuidares da tua filha. Apesar de não nos conhecermos há muito tempo, foi possível ter uma imagem positiva da Régis e é esta imagem que guardarei dela. Se precisares de alguma coisa, não te esqueças, estamos aqui.

- A polícia interrogou a todos os presentes e chegou à  conclusão de que não havia suspeitas de que eles estivessem envolvidos na morte de Régis, pelo que  haveria de serem feitas todas as diligências necessárias, para resolver o caso. Então, todas as pessoas presentes no parque seriam investigadas.

- Agradeço pelo apoio de todos vocês, porque a Régis foi o grande amor da minha vida e não sei como será a minha vida  sem ela; não sei o que fazer; só o tempo dirá.

CAPÍTULO IV

# O DESESPERADO MARC

Marc é um homem com uma filosofia de vida muito particular, amante da natureza e dos animais, ambientalista convencido do poder  da natureza e dos seus recursos, homem de paz consigo mesmo e com os demais. Depois da remoção do corpo, o grupo dos novos amigos partiu em direcção às suas casas, o silêncio era tão forte que se ouvia os grilos a cantarem as folhas das árvores que dançavam ao som do vento. Marc seguia ao volante da sua viatura, fixava, atentamente, a sua filha através do retrovisor, enquanto Rosy segurava nos seus braços. A pequena  Inês dormia tranquilamente, enquanto Rosy acariciava os seus  cabelos. O clima estava pesado, o único barulho que se ouvia era quando os carros se cruzavam. Marc não podia imaginar como seria chegar em casa sem a sua querida Régis. Por isso, as dúvidas e a dor são todo o conjunto de emoções que teria de confrontar. À medida que se aproximavam de casa, a respiração de Marc tornava-se cada vez mais ofegante e, num gesto brusco, ele parou o carro num dos cruzamentos, a dois  minutos de casa, e disse:

- Não, não posso! Porque é impossível eu entrar em casa. Hoje, estou muito confuso. Então, Rosy, seria pedir demais se passasse a noite com a Inês? Preciso estar só e tentar compreender o que aconteceu, pois me falta coragem para tudo, neste momento.

- Com certeza, Marc! Sendo assim, não te preocupes, porque ela ficará bem. Podes levar o tempo que precisares!

O dia estava mais longo do que de hábito e Marc não conseguia aceitar o que estava a acontecer. Quando decidiu que era no parque onde estava a solução para os seus problemas, depois de andar uma hora sem destino, pegou uma lanterna e foi à procura de respostas. O parque estava tranquilo, por isso, só se ouvia o barulho das folhas das árvores, como se estivessem conversando entre elas. Foi andando até ao local onde tinha sido encontrado o corpo da sua esposa. Com a lanterna ia focando. Quando ouviu um barulho estranho, parou, olhou para todos os lados e reflectiu. Apercebeu-se de duas silhuetas que corriam em direcção ao seu carro e, assustado, foi correndo até ao carro, com receio de que sofresse um assalto ou algo pior. Ao aproximar-se do carro, sente algo nas suas costas, muito violento, como se tivesse levado com um bastão de baseball. A dor foi intensa que o único reflexo que teve, portanto, foi abaixar-se para proteger a sua cabeça. Logo, foi aí que sentiu a segunda pancada. Desta vez, do lado direito do seu torso.

— A solução é tentar defender ou eu morro.

Neste instante, com a energia que restava, agarrou-se a um dos agressores, mordeu-o com toda a força que se podia ter nos maxilares e, com a sua lanterna, tentou focar o segundo agressor. Todavia, infelizmente, eles tinham algo que era difícil de identificar: foi quando se ouviu mais gritos — que vinham em direcção ao lago — de um homem e uma mulher.

— Parem! Parem!

Vendo que não estavam sós, os dois malfeitores puseram-se em fuga, mas teve tempo de agarrar no segundo, por fim, deixando-o com escoriações no seu peito.

- Parem! – continuavam aos gritos, enquanto se aproxima-vam.

- Está ferido? O que aconteceu? O que está, aqui, a fazer a esta hora ? Meu senhor, este é um lugar que está selado devido a uma suspeita de crime, pelo que ninguém pode estar nele. – Falavam os dois indivíduos, numa voz firme.

- Senhores inspectores!

- Senhor Marc, o que está a fazer, aqui? O senhor sabe que se trata de um lugar onde se passou um crime, por isso, não pode estar nele. Se insiste em aparecer aqui, o senhor torna-se suspeito. O senhor sabia?

- Peço-lhe desculpas! Não pensei nisso, pois a única coisa que tanto eu queria, na verdade, era poder estar no último lugar onde a minha esposa perdeu a vida com o meu filho. Vim, porque quero perceber o que aconteceu e por quê.

- Compreendemos, perfeitamente. Mas é a lei, não pode es-tar aqui, a sua presença pode prejudicar no desenvolvi-mento do nosso inquérito. Estamos, aqui, para obtermos as respostas e, posteriormente, podermos resolver este caso o mais rapidamente possível, de modo que o senhor possa seguir com o seu luto, calmamente.

- Pelo visto, houve uma agressão. Vamos acompanhá-lo até uma unidade hospitalar. O senhor pode pôr-se em pé?

- Eu estou bem, não será necessário. Esta agressão não sig-nifica nada em relação à dor que tenho na alma.

Marc aparentava ser um homem em boa forma física, portanto, gozava de boa saúde.

- O senhor conhece ou reconhece os seus agressores?

- Não, mas o som da voz de um deles me é particular.

- Se se lembrar de alguma coisa, entre em contacto comigo, ou com a minha adjunta.

- Precisaremos de si amanhã, para nos dar mais informações em relação à sua esposa. Então, passamos em sua casa por volta das dez horas da manhã.

- Ficarei à vossa disposição. Quando se dirigiam aos carros, deparam-se com mais uma surpresa: o casal Alberto, Laura e Meg faziam uma pequena homenagem em memória da sua mais  nova amiga, soltaram dois balões – um azul e outro rosa – seguindo-se de uma pequena oração.

- Mas não é possível! – Exclamou a inspectora adjunta e seguiu: – Trata-se de uma cena de crime, não é possível que vocês não compreendam! Estão a contaminar a cena do crime.

- Por favor, senhora inspectora, – disse o  detective com um pouco de calma – pelo visto, estes senhores não estão a ver a gravidade da situação.

- Pedimos desculpas, senhor  detective, porque estamos, extremamente, chocados e tristes com tudo isto. Logo, ninguém de nós,  até então, viveu uma  tal situação antes.

- Compreendo, perfeitamente. Mas, infelizmente, trata-se de um assassinato, o mais importante neste momento é proteger o local e encontrar o maior número de provas possíveis. Amanhã, teremos o resultado da autópsia, farei questão de informar-lhe sobre o resultado, pessoalmente.

Marc e os seus amigos estavam desolados, nada poderia predizer que aquele dia lindo de sol poderia ter um fim tão trágico.

- Como é possível? Se estávamos todos presentes, como ninguém se apercebeu?

O interrogatório de Marc intensifica-se e, como esposo de Régi, era importante ser descartado da lista dos suspeitos, após longas horas.

O senhor tem alguma coisa a ver com a morte da sua esposa? – Para Williams, a atitude calma de Marc chamou a sua atenção, não parecia ser um implicado no crime. Marc dispôs-se a ajudar para o necessário, inclusive todos os detalhes do fatídico dia.

- Teremos de pedir-lhe uma amostra capilar e um exame sanguíneo, é a única forma de provar a sua inocência.

- O médico-legista poderá esclarecer todas as nossas questões. Eu, neste momento, não estou apto para dar-lhe qualquer tipo de informação a respeito.

- O médico-legista concluiu que a causa da morte teria sido um traumatismo craniano.

Quando chegaram os resultados do laboratório, confirmou aquilo que Marc havia dito: não havia coincidência com o material biológico encontrado próximo do corpo de Régis. Marc estava oficialmente liberado como suspeito do crime de Régis.

A morte de Régis foi uma bomba na vila de Wevelgem, era uma cidade tranquila, pacata e muito tradicional. Podiasse passear pela cidade sem ter algum problema. Era a primeira vez, na cidade, em que tinha acontecido algo tão grave, não se falava de outra coisa. Ela tinha muitos amigos, era uma mulher sonhadora, vinha de uma família grande, unida, trabalhadora e conhecida pela sua simpatia e pelo seu espírito de justiça. Sempre que pudesse ajudar alguém, não media esforços. Pessoa educada e prestativa, participava sempre das actividades da cidade. Era uma mãe formidável, o seu maior sonho era casar e ter muitos filhos. Para a sua família, era incompreensível que tenha acontecido tamanha barbaridade. Marc e Régis conheceram-se muito jovens. Somente quando Marc entrou para a Faculdade é que se perderam de vista. Já formado, Marc decidiu dar uma pausa e viajar pelo mundo. Sete anos depois, regressou e o casal se reaproximou.

O Marc tinha um amor incodicional pelas viagens, paixão que transmitiu a Régis. Com os mesmos sonhos, passaram a viajar juntos. Homem nascido no berço de ouro, a sua juventude foi marcada por bons momentos; jovem bonito e elegante, conhecido pelos seus amigos através da sua arrogância. Marc era filho de um grande homem mexicano de negócios que se casou com uma belga; os seus pais fizeram fortuna no comercio téxtil; ele nunca se interessou nos negócios familiares; o seu único objectivo era viver a vida, então, exibindo a sua fortuna; os seus estudos foram nos melhores colégios do país; os seus colegas consedravam-no homem egoista, sem alguma preocupação em relação ao que se passava à sua volta, ausentando-se por vários meses. Surpreendentemente, decidiram regressar novamente à Bélgica e, grávida do segundo filho, Régis não suportava a sua vida de nómada. Inês, que acompanhava os seus pais nas suas viagens pelo mundo, estava radiante com a gravidez da sua mãe; era o momento ideal, de modo a criar um lugar seguro para  os seus filhos, por isso, procuraram por algum lugar seguro longe, das agitadas viagens.

O casal decidiu dar um ano sabático, visto que era apaixonado pela natureza; sentiu a necessidade de aumentar a família. Várias tentativas  foram feitas. A dificuldade de realizar o  sonho de serem pais, novamente, estava em risco; recorrer à ciência foi a única solução, assim que descobriram que, infelizmente, Marc era um homem estéril, facto que não entendiam como começou. Era de conhecimento de todos que o casal, pais da pequena Inês, recorreu à ciência para poder  ter um segundo  filho, foi um acto de muita coragem, pois Marc teve de assumir o seu problema, criando algumas suspeitas no seio da sua família de que talvez Inês não fosse a sua filha. O nascimento de Inês foi o maior segredo, o culminar de toda felicidade. Anos  depois, o casal decidiu repetir  a experiência e foi assim que se formou Arthur, que acabou por não vir ao mundo.

CAPÍTULO V

# UMA OUTRA CIDADE

No dia seguinte, os habitantes da cidade resolveram realizar uma cerimónia no lago, exactamente no local onde foi encontrado o corpo. Os que estavam presentes consideravam como estranho e, ao mesmo tempo, que foi bizarra toda aquela sequência de acontecimentos. O que chamou atenção foi que Robert e a sua esposa se fizeram, sempre, presentes a uns metros de distância, vestidos a rigor, olhavam para as pessoas com um semblante triste. A sua linguagem corporal demonstra o quanto estava afectado com a situação. Era visível a imagem que deixavam transparecer, impossível que ninguém se tivesse apercebido. Foi quando o filho mais velho de Meg, se sentindo incomodado com a situação, decidiu pedir ao casal que respeitasse o momento e abandonasse o local, pois todos estiveram presentes no momento em Roberto e Régis entraram no mal entendido, no dia do assassinato.

- Quem és tu, seu pirralho, que te atreves em expulsar-me daqui?! Eu sei muito mais do que tu pensas. Logo, se eu fosse tu, ficaria quieto, antes que  as coisas decorram mal, para o teu lado. Olha bem para onde andas, tu e a tua irmã, antes que  essa toda tua vaidade acabe na cadeia!

- Sou eu quem deve dizer isso, porque tu não me intimidas. Não passas de um reles marginal que vive à margem da sociedade. Não metes medo a ninguém, sabes bem que já estivemos juntos, várias vezes, e conheço-te muito mais do que tu dás a entender.

43

- Mano, pára, deixa-os em paz!

- Liliana, não compreendo como tu defendes sempre esta gente.

- Cuidado, pirralho, ainda vais ter notícias minhas! Não sabes com quem te estás a meter. Muito cuidado mesmo!

Depois disso, chamou a sua esposa e abandonou o local.

Valdir era um adolescente de dezassete anos de idade que, depois do acidente mortal do seu pai, se rebelou, como muitos na sua idade, em dificuldades, e juntou-se a um grupo de outros jovens cujo maior prazer era criar situações menos boas e, às vezes, mesmo as perigosas.

A sua irmã Liliana também estava a passar pela mesma situação. Os dois irmãos eram muito cúmplices, não havia lugar onde Valdir estivesse e a Liliana não. Meg já teve situações difíceis, no primeiro aniversário da morte do seu pai, para tal, teve de ir resgatá-lo à esquadra da polícia, por comportamentos inadequados.

Depois dessa situação, os irmãos pareciam estar mais calmos até ao dia da morte da Régis, onde tiveram aquele comportamento estranho no parque. Todos os presentes não prestaram atenção, porque se tratavam de adolescentes de natureza rebelde em busca de atenção. Portanto, para a sua mãe Meg, os seus filhos estavam a passar por momentos difíceis e procurava um lugar na sociedade, sem saber, no entanto, por onde começar. O primeiro filho dos seus pais foi um bebé tranquilo, sem grandes problemas; mais tarde, tornou-se um jovem estudioso e muito sociável, que houve uma altura onde o ponto de encontro entre amigos era em sua casa devido ao seu espírito brincalhão. Não havia situações pelas quais os seus amigos o procuram e que ele não estava disponível para resolver. Muito popular entre os seus amigos devido à sua aparência rebelde e bonitão. Tinha o hábito de usar as golas das camisas e t-shirts levantadas, para chamar atenção das meninas, o que, para a sua satisfação, resultava, quando ficavam todas caídas por ele. Inclusive, teve alguns problemas na escola devido à sua indumentária, mas nada mais do que isso. Muito apreciado pelos seus professores que faziam com que os seus pais se sentissem orgulhosos, apesar do seu estilo um pouco rebelde, mas organizado e responsável. A sua irmã era a sua companheira dos segredos. Quando a sua irmã nasceu, não teve aqueles problemas de ciúmes, como muitos manos, pelo que, imediatamente, começou a amá-la como nunca. O seu pai era manager de recursos humanos e viajava bastante. Porém, quando estivesse em casa, o tempo era todo dedicado aos seus filhos e à sua esposa.

Com o falecimento do pai, Valdir ficou arrasado, fechou-se contra tudo e todos. Esqueceu-se de que já não havia volta para o seu pai, começou a sair até horas tardias, tudo aquilo que ele sempre amou pôs de lado, como se ele fosse culpado pela morte. A sua mãe e a sua irmã nunca compreenderam o motivo de tanta culpabilidade, mas o que ninguém sabia é que o seu pai morreu devido a um segredo que Williams lhe contou e que no dia em que o seu pai saiu de casa, não foi para trabalhar, mas, sim, resolver o problema do seu filho, pelo que acabou por perder a vida num acidente. Roberto era o único que sabia o que, realmente, tinha acontecido.

Voltando à morte da Régis, que estava fazer muito barulho na vila de Moorsele e a nível nacional, a cidade foi invadida pela mídia de todo o país, ninguém compreendia o motivo da tão estranha morte. Os populares começaram a fazer as suas próprias investigações e cada um tirava a sua própria conclusão. Alguns criaram sites de pequenos detectives, a fim de trocarem impressões e ajudar a polícia na resolução do caso. O facto mais curioso era que a morte de Régis foi muito violenta e rápida, em poucos minutos, à vista de todos, com o **crânio fraturado.**

- Realmente, Doutor, não estou a ver o que podemos fazer de mais, terei de comunicar ao esposo sobre o resultado e deixar a família fazer o seu luto.

- O que mais me intriga, senhor inspector, é o feto que tem algo estranho e a ciência ainda não tem uma explicação exacta. É um caso raro: o feto tem um outro feto dentro do estômago, já tive conhecimento de alguns casos e é a primeira vez em que me deparei com um tal caso, por isso, provavelmente esteja aí o segredo destas duas mortes.

- Doutor, é possível fazer um teste com algumas análises, como DNA?

- Com certeza! Já tiramos algum material biológico para ser analisado.

- O que queremos é a resolução do caso, para que todos estejamos com a consciência tranquila e o sentimento de dever cumprido. Deixar que a Régis e o seu querido filho possam repousar em paz.

- Com certeza, inspector! Amanhã começa o meu novo colega, aproveito para juntos vermos o caso dele, sendo que a situação será baseada em todas as análises realizadas, já que temos tecidos suficientes. Já agora, tenha um bom dia, inspector!

- Tenha um bom dia, Dr.! Irei, pessoalmente, ter com os familiares, para informar-lhes de como está a correr o processo.

Marc estava desolado e confuso, não parecia o mesmo. Já se tinham passado dois dias depois da morte da sua esposa, as dúvidas e as incertezas tomavam conta de si. Desde logo, os seus novos amigos faziam questão de acompanhá-lo neste momento difícil. Alberto, Laura, Meg, Rosy, até os adolescentes Valdir e Liliana estavam compadecidos com a situação. Eles já tinham passado. Por isso, compreendiam, perfeitamente, o que Mark estava a passar.

- Valdir, a campainha está tocar. Por acaso, importas-te em abrir, filho?

- Com certeza, mãe, é o inspector Williams!

- Marc, é o inspector! Só almejo que a filha pudesse ter o apoio necessário.

- Esteja à vontade, senhor inspector! Não vejo em que poderia ser mais grave do que o estou a viver. São mesmo amigos. Estávamos juntos, quando perdemos Régis e estaremos juntos até levá-la ao seu eterno descanso.

- Pois bem! O que se passa, o que disse o médico-legista sobre a conclusão do que causou a morte?

- Foi um traumatismo craniano intenso. Ele supõe que tenha sido uma morte rápida devido às lesões que são muitos profundas. Régis, na primeira agressão, perdeu a consciência, porque os golpes seguintes provocaram a morte imediata, mas que o estado do feto deixou com algumas dúvidas e amanhã ele chegará a uma conclusão, quando fizer mais alguns exames, como DNA, etc. Peço-lhe que aguarde mais um pouco até o legista estar seguro e, assim, liberar os corpos!

- Há alguma coisa com o feto?

- Há, sim, o senhor talvez não soubesse que o seu filho tinha dois fetos no seu estômago.

- O que? Não sabia nada disso, porque a Régis sempre me disse que estava tudo bem. Estive nas duas primeiras consultas, mas a Régis sempre quis ser a primeira a saber do sexo. Ela sabia o quanto eu desejava um rapaz e não vi inconveniência nenhuma em deixá-la ir às consultas só, apesar de muitas vezes estar surpreso por ela nunca ter feito questão da minha presença.

- Será que isso pode ter algo a ver com a sua morte?

- Laura, eu sou ginecologista e, com a experiência que tenho, é possível, sim, que o feto possa não ter desenvolvido. A Régis sempre me disse que estava tudo em ordem, que ela estava a ser bem seguida pelos melhores médicos da cidade. Logo, eu não acredito que seja isso o motivo.

- O que terá acontecido? Alberto, eu soube, mais tarde, que fazia as consultas em sua clínica. Tinham conhecimento disso?

- Como sabes, Laura, eu sou o director geral, não  o único médico especialista. Sabe-se que temos, aqui, excelentes profissionais e é impossível, para mim, conhecer todos os pacientes. Somente  tive conhecimento de que tu e a Régis frequentavam a minha clínica.

- Bem, amanhã trarei mais notícias de como decorreu a autópsia do feto, que será realizada por volta das onze horas.

- Obrigado, detective!

- Que pesadelo! Régis e eu tínhamos muitos sonhos. Não sei o que fazer, nem como agir perante tudo isso e, até agora, custa-me a acreditar. Como será a nossa filha sem a sua mãe?

- Tenha calma, Marc! Tudo a seu tempo, porque, agora, as ideias ainda estão confusas.

- O importante é saber o que  se passou, realmente.

- Amor, tu, como ginecologista, o que achas que poderia ter acontecido?

- Honestamente, não sei responder-te, mas amanhã, nas primeiras horas, vou tentar informar-me do seu histórico clínico, para ter uma ideia do que poderá ter acontecido.

- Mais exame de DNA?

- Deve ser formalidade, Alberto.

- Amanhã, eu quero que eles liberem o corpo da minha família, não suporto mais viver essa agonia.

- Fica calmo, Marc!

- Não vou suportar que eles façam os corpos do meu filho e da minha esposa de cobaias. Não, isso não!

- Fica calmo, amanhã estará tudo resolvido!

O Dr. chegou mais cedo do que o previsto, porque esta situação não o deixou dormir e, criando uma certa expectativa, estava convicto de que o feto escondia um segredo que estava ansioso para descobrir. O seu estagiário chegou de seguida. O Dr. Bruno, especialista em Medicina Legal e experto em Perícia Legal, recém-formado, tinha uma história de vida particular. Aos dois anos de idade, ele foi adoptado por um casal que tinha um filho que nasceu com paralisia cerebral e que, devido à esta condição, a sua mãe teve muitas complicações no parto e a impossibilitou de puder ter mais filhos. E quando o seu filho completou seis anos de idade, decidiram adoptar um menino cujos pais eram muito jovens e não podiam criá-lo, visto que obrigados foram pelo próprio Estado, a fim de dá-lo à adopção. A sua mãe, inconformada com a situação, sempre procurou como ter o seu filho.

Dezasseis anos depois, ela decide contratar um detective privado e, com todas as suas economias, contrata o melhor detective da cidade, que acaba por descobrir que a adopção do seu filho não foi legal. Muito pelo contrário, foi vendido, pelos seus próprios avós, a um instituto que funcionava, ilegalmente, como centro de adopção. Como o seu pai se encontrava, gravemente, doente, não queriam que ele morresse sem ter a oportunidade de ver o seu filho, nem que fosse pela última vez. Ao descobrir que foi enganada, virou-se contra a instituição, ameaçando levar o caso à justiça. Foi aí que, enfim, ele pôde encontrar o seu filho, já com dezasseis anos de idade. O encontro foi difícil, mas, com ajuda dos pais adoptivos que estavam alheios à situação, conseguiram chegar até ao filho e marcar o encontro entre pai e filho.

O seu pai biológico faleceu pouco tempo depois, mas feliz por ter visto, por último, o seu filho querido. A sua mãe, por sua vez, deu continuidade apresentando os filhos ao irmão desaparecido. A família se reunia em todos os natais e ano novo até ao dia em que a sua mãe não apareceu. Ninguém compreendeu o que se estava a passar, inclusive ao momento em que foi necessário fazer uma busca em sua casa e encontrar a sua mãe deitada no chão, desfalecida e sem algum sinal vital. Os médicos iniciaram todas as manobras e todos os esforços necessários de reanimá-la e trazê-la de volta à vida, mas de meia hora tentando, infelizmente, em vão, acabando por ser declarada morta. O trauma foi enorme, até ao dia em que o seu irmão confessou que acreditava que a sua mãe teria sido assassinada para impedir que o caso da adopção ilegal chegasse à justiça.

Devido à falta de provas, o caso foi encerrado, sem nenhum culpado ou alguma responsabilidade atribuída. E anos depois, decidiu fazer o curso de medicina legal, uma forma de ajudar a polícia em casos difíceis e quem sabe um dia descobrir quem foram os assassinos da sua mãe. O que o doutor não sabia é que a sua mãe tinha um seguro de vida em seu nome, dinheiro que usou para contratar o mesmo detective, convencer as autoridades de sua história. O trabalho mais difícil foi convencer as autoridades que seria necessário a exumação do corpo dela, para uma segunda autópsia baseada em novos dados, com esperança de que alguns elementos tivessem passado despercebidos. Exumação do corpo foi o mais difícil e em sua carreira nunca passou por sua cabeça um dia ter de viver algo tão horrível, que é praticar autópsia em sua própria mãe.

Os seus instintos não o enganavam, porque a descoberta do envenenamento foi confirmada por cianeto difícil a ser detectado nos exames toxicológicos. Após o resultado da autópsia, a instituição foi levada à justiça e as provas foram-se ligando umas atrás das outras. Para o espanto de todos, os autores do crime foram condenados à pena de dez anos de prisão. Após o sucedido, o Dr. Bruno, apesar de recém-formado, ganhou uma grande reputação no seu primeiro caso que, por coincidência do destino, era a sua própria mãe, motivo que fez com que o Dr. Daniel, médico-legista, convidasse este jovem brilhante para trabalhar consigo e juntos resolverem o caso de Régis.

- Dr. Bruno, não se importa de preparar o feto para a autópsia? Gostaria de começar o mais rápido possível.

- Com certeza! Mas, infelizmente, não encontro feto algum. Pode dizer onde encontrá-lo?

- Não o encontras? Mas ele encontra-se à frente de ti. Preparei-o ontem, mas, oh não, o feto foi roubado! O que se passa aqui? Como é possível que o lugar se encontre vazio? Temos de comunicar ao inspector, imediatamente.

- Alô, detective Williams, infelizmente, tenho más notícias. É que fomos roubados. O feto não se encontra aqui.

- Como foi roubado, Dr.? Tem a certeza?

- Certeza absoluta!

- Estarei aí dentro de cinco minutos.

Que coisa mais estranha! Felizmente, tive tempo de puder tirar o DNA. Agora, sim, algo estranho passa-se com estes dois corpos. Por isso, vamos ver o que pudemos fazer, a partir destes dados recolhidos.

- Detective, por aqui, por favor! Boa tarde!

- Infelizmente, não tenho explicação para o que aconteceu.

- Mas os senhores viram bem?

- Com certeza! Como pode imaginar, não temos fetos todos os dias.

- Como funciona o sistema de segurança, aqui?

- Temos um sistema de segurança, mas, infelizmente, as câmeras de segurança estão situadas do lado de fora.

- Já é qualquer coisa, porque o pior seria não ter nenhuma. Não acha?

- A minha pergunta é: por que queriam o feto? Isso parece-me algo mórbido; será que tem a ver com algum ritual?

- Provavelmente, tenha havido queixas de um grupo de jovens, adeptos do satanismo, que circulam pela região. Será que têm alguma coisa a ver com isso?

- Levaram mais alguma coisa?

- A princípio, só o feto. Está tudo como deixei, nada anormal.

- Pode providenciar  que me sejam entregues as filmagens das últimas quarenta e oito horas?

- Com certeza!

- Dr. Daniel, neste caso, se me permite, devíamos tomar medidas necessárias para a protecção do corpo da Régis. Se levaram o feto, poderiam muito bem regressar para buscarem o corpo da mãe. Não acha?

- Com certeza, o Dr. Bruno, tome as medidas necessárias. De  minha parte, vou começar por interrogar aquele grupo de jovens adeptos do satanismo que se intitulam "os demónios da meia noite" e ver o que, realmente, se passou.

John era um delinquente condenado, que passou uma parte da sua adolescência em centros psiquiátricos devido à sua obsessão pela morte. Ainda muito jovem, os seus pais descobriram que ele poderia ser um perigo para si  mesmo e para os outros. Devido à sua incapacidade de mobilidade, a avó de John vivia em casa do seu filho, que era pai, junto da sua mãe e da sua irmã. A avó tinha  um grande vício: o cigarro.

- Não, minha filha! Eu já parei de fumar  há algum tempo.

- Então, como a mãe justifica esses cigarros no teu quarto?

- Minha filha, acredita em  mim, por favor!

- Oh, mãe, não achas que estás a ser muito dura com a avó? Se ela diz que não fuma, penso, é porque não fuma mesmo.

- Essa conversa é entre mim e a tua avó. Tu ainda és uma criança, por isso, não compreendes a gravidade da situação.

- Mãe, acho que o John tem razão: a avó parece estar a dizer a verdade.

- Eu vou guardar estes cigarros e, depois, decidir o que fazer com eles.

Devido à sua idade e à sua fragilidade nos pulmões, foi proibida de fumar, mas ela não compreendia, porque a mãe ainda tinha sempre cigarros consigo. Sobretudo, onde ia buscá-los, até ao fatídico dia em que a família acordou com o quarto da avó em chamas. Após a perícia, descobriu-se que não podia ter sido ela a acender aquele cigarro devido ao seu problema de artrose que agravara com o tempo. Ela, realmente, tinha parado de fumar, tornando-se uma fumadora passiva devido ao seu neto. John, que tinha por hábito fumar no quarto da sua avó, lançava a fumaça no seu rosto. Depois de ameaçá-lo contar aos seus pais, decidiu pôr um fim, acendendo o cigarro, pondo nas suas mãos frágeis, enquanto dormia e provocava o incêndio.

Depois do sucedido, foi internado numa clínica psiquiátrica. E até aos dezoito anos de idade, teve muitos problemas na clínica, com tentativas de estrangulamentos e afogamento, onde passou a ser tratado como perigoso e foi transferido para a ala de segurança máxima até à maioridade. Depois da pena cumprida, John, apesar de algumas restrições, decidiu partir para novas aventuras e sempre com ideias macabras. Seus pais, apesar do amor que tinha pelo seu filho, não o queriam de volta. E a sua situação degradou-se bastante, vivendo de amigos e roubos. Inclusive, trabalhar não era o seu forte, pelo que preferia a vida de marginal. O tempo passou e John começou a abrir-se, perante os seus amigos, sobre como se sentiu ao matar a sua avó que, no momento em que o fogo começou, ele está presente na janela a ver a sua avó. A forma como ele descrevia, diga-se, imaginava-se o horror que essa senhora viveu, com a gravidade de tudo ser causado pelo seu próprio neto. John encontrava-se do outro lado  a vê-la morrer.

- E como foi? Será que ela te viu ?
- Sim, ela sabia que era eu!
- E por que ela não se levantou?
- Eu já expliquei que ela não conseguia andar, por isso, foi viver em nossa casa.
- Não gritou por que?
- Ela gritou, só quando me viu, e ficou tão assustada que foi tarde demais.
- Mas a sensação foi forte demais, senti que eu tinha o poder da sua vida em minhas mãos.
- Uauu, deve ser top!


- Isso que fizemos, aos animais, não é nada em relação a uma vida humana. Temos de programar algo de muito forte, algo que só ficará com um verdadeiro pacto de sangue.

- A conversa interrompe-se, quando se apercebem de que alguém, com uma cara muito familiar, se aproxima e começa com um ritual estranho, nariz aos círculos, dar a mão e a limpar.

- Senhor detective, não temos baterias.

- Peço desculpas, é um pequeno tique que tenho e já estou a trabalhar no sentido de acabar com isso, mas, enquanto não estou curado, peço que compreendam.

- Por mim, não tenho problemas. Já vi coisas piores. E vocês?

- Também não nos importamos.

- O que faz aqui, senhor detective? A que devemos essa visita? Saudades nossas, ou deseja juntar-se ao grupo.

Ser irónico era uma das poucas qualidades de John, além de sarcástica.

- Não acredito que tenha muitas saudades vossas. Vocês é que fazem de tudo para terem a minha presença ao vosso lado. Posso saber  onde estavam  desde às dezasseis horas de ontem até às onze da manhã de hoje?

- E nós podemos saber por que desejas saber?

- Jonh, quem faz as perguntas, aqui, sou eu,m. Então, você contenta-se em responder.

- E se eu não quiser responder?

- Se não quiseres, tens a delegacia ou a  cadeia. Podes escolher!

- Ok., não temos nada a esconder, por isso, pergunte o que quiser.

- John, eu vou assegurar-me de verificar se tudo o for dito, aqui, é verdade. Aconselho vocês a pensarem bem, antes de responderem.

- Não se preocupe, detective, porque não temos nada a esconder.

- Pois bem! Podem começar por explicar onde estavam  das seis até às onze horas de hoje?

- Hummm, deixe-me pensar! É que nós estamos muito ocupados.

- John, deixa-me dizer-te algo: desapareceu um feto da morgue e, como deves imaginar pela minha presença aqui, não vim para brincadeiras. Logo, aconselho-te a responder, se não quiseres voltar de onde nunca devias ter saído.

- O que eu tenho a ver com o desaparecimento do feto?

- É para isso que estou aqui.

- Nós não temos nada a ver com isso, senhor inspector.

- John, pára  com isso, senão vamos todos à cadeia!

- Cala-te tu, porque eu já disse que o chefe do grupo sou eu, mas não queremos ter problemas com a polícia. Por isso, quem fala, aqui, sou eu e ponto.

- Bem, prosseguindo, senhor detective, não temos nada com isso, porque estávamos todos juntos. Passamos a noite numa casa abandonada a vinte minutos daqui.

- Quero um endereço: alguém que vocês tenham visto?

- Não fizemos a única ideia.

- Ficaram por lá até que horas?

- Estamos, aqui, durante uma hora.

- Alguém pode confirmar  os vossos dizeres?

- Que eu saiba, não!

- Ok., obrigado! Todavia, deixo claro que vocês só terão a minha visita, acaso eu descubra que estejam a mentir.

A vida  de Moorsele continuava, apesar  do suspense que envolvia a morte de Regis. Mark, como tinha a sua própria empresa que cuidava de alguns aspectos ambientais, teria de ausentar-se algumas vezes, o que complicou a sua situação em relação à Helena. Foi quando o telefone tocou:

- Olá, Mark!

-  Olá, Rosy!

- Como vocês estão?

- Vamos indo; a espera  sempre está muito difícil, o caso foi considerado homicídio.

- Homicídio? Eles deram alguma explicação?

- O detective Williams acha suspeito  o feto ter desaparecido.

- Eu estou de regresso por alguns dias e gostaria de passar algum tempo com a Helena, se for possivel, claro.

- Com certeza, ela irá ficar muito feliz. Honestamente, estou a precisar de alguém que cuidasse dela, enquanto eu vou à agência ver como está. Preciso assinar alguns documentos importantes.

- Que bom! Estou muito ansiosa em vê-la. Obrigado!

- Que tal se jantamos juntos?

- Eu estou  hospedada em Bruxelas, por isso, ainda tenho

duas horas até chegar aí.

- Rosy, como sabes, podes ficar, aqui, o tempo que quiseres. A Régis iria ficar muito feliz em saber que estás a cuidar da nossa filha.

- Não tem problemas; dá-me tempo de fazer jantar, prometi fazer um dos pratos para Helena.

- O jantar estava divino, há já algum tempo que não comia algo tão bom. Inês, tu tens muito bom gosto!

- Tia Rosy, será que podes contar uma história antes de dormir?

- Claro que sim! Vou contar uma das minhas histórias preferidas.

- Que bom!

- Primeiro, escovar os dentes e, na ausência da Helena, Marc explicou à Rosy a dificuldade que tinha em cuidar da Helena, com a falta da Régis, que tinha tudo sobre controlo, que estava prestes a tomar uma da decisões mais difíceis da sua vida: desfazer-se da sua agenda, para concentrar-se na educação da sua filha.

- Oh, Mark, eu sei que não é fácil, mas estou na Bélgica por algum tempo e faço questão de ajudar-te. Ou seja, cuidarei da Helena na tua ausência. Que tal?

- Vocês fizeram isso por nós?

- Eu faço isso por mim. É que sinto muito a falta de Régis e ficar com Helena, portanto, vai ajudar-me também.

- Rosy, a minha mãe dizia-me para ver se os meus dentes estavam limpos, porque ela via o arco-íris neles.

- Hum, deixe ver-me, para compreender se eles estão limpos, porque eu acho lindo o arco-íris. Ela tem razão: eu consigo vê-lo e é nos teus dentes em que vi o mais lindo.

- Será que há alguém, aqui, interessado em ouvir uma história de mais de vinte anos? Devo confessar que era a minha preferida, quando tinha a tua idade. Por isso, não me cansava de ouvi-la.

- Eu quero.

- Ok. Quem chegar primeiro, certamente, ganha.

Para Helena, a presença de Rosy foi um balão de oxigênio. Desde a morte da sua mãe, há uma semana, não tinha sentido tanta ternura. O seu pai, à beira de uma depressão, não consegue esconder a tristeza perante a sua filha. Ao contrário, Inês lembra-se, mais do que nunca, da presença da sua mãe. Enquanto Rosy acomodava a Inês na sua cama, apercebeu-se de que as paredes do quarto estavam diferentes. Apesar de estar ausente durante muito tempo, ela lembra-se de ter ajudado a Régis na decoração do quarto: era como um ritual para as duas amigas. Régis dizia que, quando a sua amiga estivesse para ser mãe, acompanharia todos os passos até ao nascimento do bebé, de maneiras que achou estranho alteração das cores no quarto de Helena.

- Mark, o quarto da Inês foi pintado?

- Pintado? Não! Por que?

- Fiquei com a impressão de que as cores não são as mesmas.

- A Régis sempre gostou desta cor, porque ela dizia que transmitia paz.

- Estranho! Bem, Mark está tarde. Vou deitar-me. Amanhã fica tranquila que eu cuidarei da Helena, assim que ela acordar.

- Os meus pais estão com uma idade avançada e fica difícil para eles, neste momento, estarem comigo. Só no funeral puderam estar presentes os meus amigos que têm feito os possíveis, mas eu não queria que ela estivesse fora de casa. Para não ser maior, aqui, ela tem as suas coisas. Fica mais fácil para gerir. Rosy e Helena dormiram até mais tarde. Helena foi a primeira a acordar e foi direitinho, aos pulos, para o quarto onde se encontrava Rosy.

- Rosy, bom dia!

- Hum, bom dia, Helena! Hoje, dormi que nem uma bela adormecida.

- Dormiste bem, querida?

- Muito bem! Sabes, Rosy, sonhei que a mamã estava num sítio muito lindo e tranquilo.

- Isso é um bom sinal. Sabes? Ela queria que tu não te preocupasses que ela está bem e o mano também.

- Sim, também acho. Ontem, na janela do meu quarto, tinha um pássaro muito lindo que parecia querer entrar, pelo abri a janela e ele pousou em cima da minha cama. Logo, eu quis guardá-lo, mas ele acabou por fugir. Aquilo me fez pensar que se tratasse da minha mamã, que está com saudades de mim.

- Sabes? Eu também tenho muitas saudades dela.

- Queria que ela voltasse, mas ela já não volta. Não é?

- Não, minha querida! Infelizmente, não, mas podes ter a certeza de que, lá onde ela estiver, está a cuidar para que tudo corra bem contigo.

- Eu acredito, Rosy

No Instituto Legal, continuavam  as dúvidas, em relação à morte da Régis. Nada indicava que a morte teria sido provocada, também não havia indícios de que pudesse ser natural.

- Boa tarde, doutor! Tem mais alguma informação em relação à morte da Régis?

- Infelizmente, não tenho nada de novo. Diz-se que o resultado, provavelmente, tenha sido uma morte natural. A propósito, o meu colega fez mais alguns exames e foi conclusivo: vamos liberar o corpo, para a realização do funeral.

- E em relação ao feto? Infelizmente, não houve tempo suficiente para realizar-se os exames necessários.

- Terei de comunicar à família deste desfecho triste; será enterrar a mãe sem o filho, mas uma coisa eu garanto-lhe: hei-de encontrá-lo, custe o que custar, ou não me chamo detective Williams. Trata-se de uma promessa. Marc está desolado com o desfecho da história. Numa incompreensão total, perdeu a esposa, o filho que estava à espera. Com o agravante de que terá de enterrar a sua esposa sem o feto, não podia  viver um pesadelo maior.

O dia do funeral chegou e metade da vila Welvegem fez-se presente; a comoção foi enorme; nunca na vila tinha acontecido algo semelhante: altos responsáveis da cidade fizeram-se presentes, houve populares e foi, realmente, muito triste. A cerimónia foi muito solene, porque os amigos de Régis leram algumas palavras. Mark, apoiado pelos seus amigos, citou o verso preferido da sua esposa e terminou com a música preferida da Régis.  A maior parte fez-se acompanhar por um urso de peluche que simbolizava o pequeno Arthur, que não teve tempo de ver a luz do dia. O semblante dos presentes era de uma tristeza visível. Marc estava muito emocionado com tanto apoio de solidariedade. É que, como novo habitante da vila, não contava com tamanha comoção.

CAPÍTULO VI

# O QUE O TEMPO NÃO APAGA

Uma das figuras que se destacou, no funeral de Régis, foi a presença do casal Mary e Roberto. O facto é que dias se tinham passado, mas ninguém compreendia por que a presença do casal que tinha sido tão mal educado com a Régis.

- Laura, nem todas as atitudes são negativas. Amor, eles também são humanos e, provavelmente, sentiram-se com remorso, dada a atitude que tiveram.

- Não sei se Alberto tem esta história que não está correcta.

- Não te esqueças de que é alguém com quem o casal estabeleceu contacto, embora tenha falecido, recentemente.

- Mas ele não tem muito aspecto de quem sente remorsos.

- Não diga isso, porque não se julga as pessoas pela aparência. Se o conhecêssemos, talvez tivéssemos outra opinião do casal.

- É possível, a ver vamos.

Roberto foi um rico homem de negócios que fez fortuna vendendo peças de carros de luxo. O seu pai, pioneiro no negócio, começou nas vendas de peças de ocasião com o seu irmão. Na época, não era muito conhecido este negócio e os irmãos foram apelidados como os reis da suca. Tudo o que era de carro e ocasião se encontrava nas suas oficinas, o engraçado da história era que os dois irmãos se casaram com as duas irmãs estudantes de Datilografia, conhecidas pelo apelido de "as manas pés de seda." Pé de seda era apelido devido aos seus dotes de dança. Na vila, não existia jovem, naquela época, que dançava tão bem como as duas irmãs, meninas de boas famílias, filhas de uma dançarina  e professora de teatro, duas qualidades que faziam com que elas fossem consideradas como as princesas da dança, na cidade. Os irmãos eram conhecidos por serem desajeitados  e sem ritmo no corpo, até ao dia em que a cidade organizou um concurso no qual o prémio seria a possibilidade de assistir ao grande concurso belga de fórmula um, Spa-Francorchamps.

Os irmãos, como grandes amadores de carros, decidiram recorrer à ajuda das suas manas e tentaram ganhar o concurso. O pai do Roberto e a sua parceira ganharam o concurso; o seu irmão, porém triste, decidiu abrir mão  de uma parte do seu negócio e partiram para a aventura. Meses depois,  os casais apaixonaram-se e resolveram fundar as suas famílias. Roberto, o filho mais velho dos seus pais, presenciou momentos difíceis: o negócio não correu como previsto; a família começou por passar momentos difíceis; o seu pai doente e o seu tio já falecido. Roberto teve a brilhante ideia de começar a vender peças de carros de colecção, viajava pelo país  à procura de melhor oferta e começou a tornar-se conhecido, neste mundo de negócios, que até então era desconhecido. Aos seus vinte e sete anos de idade, já tinha o seu próprio negócio e conduzia carros,  altamente, luxuosos. Resolveu  mudar-se para a capital Bruxelas e lá conheceu a  Beth, uma estudante de moda, filha de um chefe de cozinha com reputação no país, dono de uma rede de restaurantes renomados. Na altura, Beth fazia trabalhos com grandes costureiros da época.

Quando Beth e Roberto se apaixonaram, resolveram realizar o sonho de todos os casais: o famoso casamento. Beth era a mais velha de Roberto, numa diferença de cinco anos. Roberto era um homem, completamente apaixonado pela sua esposa e a Beth era a menina dos seus olhos. Nada e ninguém podia separá-los. Os pais de Roberto, já numa idade avançada, receberam bem a sua nora e não foi diferente com os pais da Beth. O pai de Beth tinha esperança de que Roberto fosse o filho que nunca teve e se tornasse um parceiro de negócios, pois a idade avançava e começava a pesar toda aquela responsabilidade.

Beth teve uma adolescência um pouco difícil; filha única, os seus pais sempre trabalharam juntos no restaurante familiar. Devido a inúmeras horas que exige o restaurante, a educação da Beth foi entregue às babás. Tanto é que houve alguns anos de rebelião, quando aos quinze anos de idade ela ficou grávida do filho de um antigo sócio do seu pai. A gravidez foi descoberta, quando Beth já estava no seu sétimo mês; a menina foi criada pelos seus pais e pelas suas babás, como se fosse filha do casal e irmã mais nova de Beth. A relação entre as duas era muito boa.

Devido à sua jovem idade, Beth muitas vezes tinha dificuldades em desassociar a diferença entre o tratamento de uma mãe para sua filha. Quando conheceu Roberto, a sua filha Rossana estava no início da puberdade e Roberto, desde o início, adaptou-se rápido à situação e passou a tratá-la como a sua filha. Alguns anos após o casamento, o casal dá as boas-vindas ao filho Joel, cujo nascimento foi uma fonte de muita alegria para o casal e a sua irmã, pois juntos faziam uma família respeitada da cidade. Sendo jovens bem sucedidos, eles eram seguidos por muitos, como exemplo e orgulho dos pais de Beth que temiam pelo futuro  da sua filha.

Rossana tornou-se uma jovem linda: olhos graciosos, com uma voz suave que, quando ela entrasse em algum lugar, era difícil não virar a cabeça  e ver de onde saía uma voz tão doce. Sua forma de andar era excepcional, como se tivesse passado toda a sua vida como manequim. A ideia era que ela andava descalça de tão suave que era. Após o primeiro aniversário de Joel,  começou a mudança radical de Rossana, pelo que passou do temperamento dócil  para agressividade. Numa das vezes, então, ela chegou à casa com ferimentos nos braços, como se fossem arranhões. Ninguém podia questionar-lhe, era incrível como as coisas tinham mudado tanto.

Sil era um músico de uma banda local, dez anos mais velho de Rossana, por quem estava, perdidamente, apaixonada, para grande desespero dos seus pais. Estilo rebelde, mas aparentava ser um homem bom; seu  mental, treinado pelas quedas da vida após a morte da sua esposa, criou nele uma imagem temida. De aspecto rude, mas dócil, conseguiu criar uma imagem de medo e fascinação que ele lia nos olhares dos outros. Esta ideia de poder agradava-lhe tanto que usava a sua própria marca. O Sil bebe de um só gole, um copo de tequila em forma de incentivo, depois de duas horas em frente da sua amada. A porta tocou de uma forma insistente, para a surpresa de todos os que não estavam à espera de visita na hora de jantar.

- A senhora tem um senhor na porta  a chamar por si.

- Por mim ? Quem será ?

- Infelizmente, não quis identificar-se.

- Filha, não arraste  a cadeira, por favor!

- Desculpa-me, mãe, porque não estou a ver quem será a esta hora.

- O que fazes, aqui? Não podes vir  à minha casa.

-Por que? Já faz dois dias que não te vejo.

- Ok., compreendi! Vai embora agora, antes que os meus pais apareçam, aqui!

- Estou, loucamente, apaixonado por ti.

As mãos de Sil estavam frias e húmidas, a pele pálida, a voz trêmula, era um homem desesperado que sentia que estava prestes a perder a sua amada.

- O que se passa, aqui? Quem é este senhor e o que faz, aqui, a esta hora?

- Vai embora , por favor!

- Rossana, entra e deixa-me resolver isso!

- Eu amo-te, Rossana. Por isso, não me deixes, por favor!

- O senhor tem dois minutos para sair ou eu chamo a polícia. Como sabe, trata-se de uma menina de quinze anos de idade.

- Nós estamos apaixonados. Logo, vocês não podem ir contra o nosso amor.

Ouviam-se choros por toda a casa. A porta do quarto de Rossana não ficou em suas mãos, por ter sido um  material forte, a vida da família, que era exemplo para toda a comunidade, levou um golpe forte, a casa parecia mais um campo de batalha entre pais e filha. Às vinte três horas e quinze minutos, Robert  tinha dificuldades para adormecer. A sua esposa encontrava-se em viagem com o seu filho mais novo; a noite estava quente; ao aperceber-se, o seu lado estava molhado, o que deu lugar a uma golada que se apoia ao parapeito da janela entreaberta e aspira forte para sentir a brisa que se fazia sentir. Foi no primeiro golpe que Robert perdeu o sentido de orientação de gatas que tentavam com muitas dificuldades procurar uma saída. Com barulho ensurdecedor, cai no momento em que segurou a maçaneta da porta. Aí foi o golpe final. Tenta movimentar a sua cabeça, para ver o seu agressor e, a seguir, ouve um barulho como se algo tivesse caído aos gritos de Rossana. Era de desespero total.

- O que se passa? O que aconteceu, aqui?

- Senhor Robert, chame ambulância!

- Ele tentou violar-me!

Rossana estava com as suas partes íntimas visíveis, ela segurava os seus seios com a mão direita, enquanto a mão esquerda cobria as suas outras partes, uma imagem típica de uma situação de horror. Relatava, com os seus olhos enchidos de lágrimas, o que tinha acontecido. O seu padrasto tinha feito várias tentativas de assédio e manteve-se calada, por fim, trocando a sua felicidade pela felicidade da sua mãe.

- Ele está vivo? Liguem à mãe!

Depois de socorrido e ainda sem saber, exactamente, o que se tinha passado, ao fixar a sua esposa, percebeu que algo muito errado estava a acontecer e, neste momento, com um movimento rápido e nervoso, sentindo algo de anormal, tenta fazer um carinho à sua esposa que o repulsa com a mão. O casamento idílico estava em risco. E Beth não compreendia o porquê do comportamento do seu esposo. Era um casal com muita química, pelo que sabia tudo um sobre o outro, compartilhava viagens hobbies e uma grande paixão de Robert pelos seus carros presentes nas horas mais difíceis. Impossível imaginar tal acto da parte de Robert!

- Por que fizeste isso comigo, Robert?

- Eu que só fui agredido, mas tu dizes que tenho culpa? A denúncia já foi feita e amanhã irei ter com os meus advogados, para acabar com tudo isso, o mais rápido possível.

- Amor, não estás a falar sério? Não achas que eu tenho direito a uma explicação?

- O que queres explicar, depois de termos visto o estado da minha filha?

- Nunca falei tão sério.

A situação de Robert era dramática. Rossana tinha todas as provas da tentativa de violação. Um casamento sem acordo pré-nupcial apresentava o risco de perder-se tudo.

Ele abre o frigobar do seu quarto de hotel que se encontrava do lado esquerdo da sua cama, tira a primeira cerveja que se encontrava à sua frente e fica sentado na cama, com uma expressão incrédula em relação a tudo o que se estava a passar. As paredes do hotel, em segundos, ficaram salpicadas de cerveja, com pedaços de vidro em todo o chão, num grito de raiva e desespero.

- É horrível! Aliás, quem pode acreditar numa história tão doida?

- Não te preocupes, porque vamos tirar esta história limpa. Assim que desligar o telefone, farei alguns contactos, conheço bons advogados que poderão ajudar-te.

- Sabes? Quanto mais penso, melhor compreendo essa história (um sorriso ligeiro faz-se sentir na face de Roberto)...

- A sua esposa obteve ganho da causa. Robert estava arruinado, em todos os sentidos: a reputação, a sua única solução era abandonar tudo aquilo por que tanto lutou. E todos aqueles que amava após dez anos, depois de várias tentativas de construir algo estável, catalogado como criminoso sexual!

Por ser o primeiro crime sexual, Robert teve direito a cumprir liberdade condicional num período de dois anos, mas ele tinha um grande amor pelos carros que conseguiu com a sua fortuna. Pairava a noite e estava calma, impossível de dormir como de hábito, Robert possuía a mania de quando tinha dificuldades para dormir, ir à janela que dava vista para um parque que culmina com um maravilhoso e pequeno rio. Mary tinha acabado de divorciar-se e fazia, como terapia, passeatas noturnas, para evitar cair numa depressão.

- Não acha que é um pouco tarde para uma senhora passear pelo parque?

- Não acha que é um assunto que não lhe interessa?

- Que delicada!

- Posso ser, ainda, mais delicada se quiser.

- Ah, eu chamo-me Robert, desculpe-me pela minha indelicadeza! A propósito, tenho a visto várias vezes por aqui e, hoje, ganhei coragem para fazer esta abordagem.

- Eu sou a Mary com y.

- Encantado, Mary!

- Se quiser, amanhã terei o prazer de abandonar a minha janela e acompanhá-la no seu passeio noturno.

- Será um prazer.

Seis meses depois, Mary e Robert estavam casados. Um ano depois do casamento, nasce o primeiro e único filho do casal.

Devido ao seu registo criminal, Robert  vivia de pequenos trabalhos, como mecânico,  na cidade de Wevelgem. Apesar de bem casado com a Mary, Robert nunca abandonou a sua sede de justiça para provar a todos que a sua enteada armou toda a situação, fazendo-o cair numa armadilha. Robert teria convencido a sua mãe a não deixar prosseguir a sua relação com Sil. E a Rossana não sabia que o amado tinha um mandato de captura, por tentativa de roubo à mão armada e que, pouco tempo depois, se encontrava preso com uma pena de cinco anos, situação que fez com que já tivesse sido hospitalizado, duas vezes, por problemas psiquiátricos.  Felizmente, para Roberto, seu casamento com Mary funcionava, perfeitamente, após vinte anos de casada. Esposa do médico e ela era patologista  de profissão, abandonou a profissão, após uma depressão pós-parto. O seu primeiro filho tinha apenas três meses, quando se encontrou grávida do segundo. Depois de dois anos, o casal divorciou-se e, em apenas um mês, o seu marido mudou-se para viver com a sua secretária, que se encontrava grávida de dois meses.

CAPÍTULO VII

# AS INVESTIGAÇÕES CONTINUAM

Voltemos ao detective Williams. Detective Williams fixa o seu computador e suspira com o dedo no rato do computador, desfilando o nome de todos os que poderiam ser suspeitos no crime de Régis, sem chegar a uma conclusão. O que será que me está a escapar? O sentimento de um grande desprezo. Era um dos casos mais estranhos que ele tinha tratado. O tempo estava a contar, a família precisava de uma resposta. Com este crime, a calma vila ficou um pouco abalada, os moradores estavam apreensivos e inseguros, porque tinha de dar uma resposta e trazer a paz à cidade. O telefone toca e, do outro lado da linha, um interlocutor que queria manter-se no anonimato, mas que aparentava ser uma mulher que fazia todos os possíveis, para disfarçar a sua voz, mantendo uma conversa por uns minutos. Instantes depois, veio um momento de silêncio.

- Com certeza, estarei no bar às quinze horas, sem falta.

Posto no bar, o detective Williams recebe uma outra chamada, por meio da qual informa que alguém tinha deixado algo no banheiro das senhoras.

- Okay.

O envelope era tamanho A4, o inspector tentou em vão saber quem poderia ter deixado aquele envelope. Williams era um homem com um controle de personalidade e, como a realidade ultrapassa muitas vezes a imaginação, para a surpresa do inspector, a sua expressão era perplexa.

- Como assim fotos de crianças?

- Isso é alguma brincadeira?

A sua chamada de atenção eram os trajes das crianças, muito bem vestidas, em volta de uma mesa repleta de alimentos, como se tratasse de  uma creche de luxo.

Passa a mão de forma mecânica em seus cabelos, respira fundo, controla, mais uma vez, a foto e fica mais confuso.  Com dois clics no computador,  obtém a lista de todas as creches da vila. A creche "o sorriso da borboleta" era dirigida por Rebeca M, uma grande personalidade da vila  e, por mais incrível que pareça, uma grande conhecida da sua família. Mulher de grande influência ao volante do seu descapotável, vestida com um vestido vermelho, sapatos altos, cabelos ruivos que desciam até aos ombros, batom cor dos lábios Kathleen, abraçava com satisfação o vento  que balançava os seus cabelos ondulados. Estava vestida com todo o rigor, pois seria um dia especial, a inauguração da ala B do orfanato do qual era presidente; todo ele renovado, com câmeras por todo o lado e todos os aparelhos tecnológicos de ponta, os brinquedos  eram testados antes pelos educadores, apesar de serem certificados. A sala de relaxamento era uma das grandes atracções do orfanato. Quando a porta fechava, sentia-se um agradável cheiro a lavanda, música de fundo, luzes especiais, brinquedos que, ao tocar, transmitiam uma sensação de relaxamento. Raras foram as vezes em que o bebé que entrava na sala de relaxamento, aos choros, não caísse no sono mais profundo. A  assistente, a senhora Marta, cuidava de um dos bebés, enquanto outras cuidadoras não tiravam os olhos de outros que brincavam, enquanto eram embalados para dormir.

Os mais grandinhos admiravam como se nada se tratasse em relação a tudo aquilo que se passava  à sua volta. Não muito longe de lá, a cozinheira punha informada Kathleen, toda a equipa presente, a elite da cidade, incluindo a comunidade religiosa, sobre tudo o que se passava pela creche, sem ocultar nenhum detalhe. Uma  senhora, já de uma certa idade, que fazia questão de relatar tudo e mais alguma coisa, temida pelos funcionários devido à sua falta de travão, enquanto preparava o menu do dia e ao seu lado estava um dos grandes patrocinadores do projecto, o DR. Alberto, que não parava de  acenar com a cabeça, enquanto  a cozinheira falava  como se fosse o último dia. Com ele, fazia-se acompanhar uma dietista, que controlava  e apontava tudo o que as crianças con-sumiam,  enquanto fazia algumas reflexões.

- Pois! Como disse, Doutor, as crianças, aqui, estão  muito bem cuidadas, tudo é feito para o  seu bem-estar. Por isso, não sei se tem visitado várias creches e orfanatos. Porque, sem querer ser pretensiosa, este orfanato é, de longe, um dos melhores do país.

- Acredito que sim! Já tive oportunidades de visitar alguns, mas confesso que este tem toda a minha admiração. Não acha?

- Com certeza, Doutor! Como dietista, não tinha visto nada igual até agora. A cozinheira  continuava a contar tudo o que se passava na creche.

- Pois! O que mais me surpreende, francamente, é a calma de todos os bebés. Raramente, ouço-os chorarem, porque nunca tinha visto em toda a minha vida crianças tão tranquilas e, como já disse, a tranquilidade é notória; é como se todos eles tivessem o mesmo carácter; não acredito que haja algum lugar onde as crianças possam ter tanto amor, como aqui, onde se vê o conforto que qualquer criança órfã necessita.

- Evidentemente, também foi algo que chamou toda a minha atenção.

- Em relação ao peso dos alimentos, vários orfanatos não têm muito cuidado com a qualidade dos alimentos que oferecem aos bebés. Eu, pessoalmente, já estive em alguns que ofereciam todo o conforto a nível de estrutura, mas que a alimentação estava um pouco desestruturada.

- Realmente, já ouvi relatos desse género.

- Não se preocupem, visto que estamos a constatar que foi planeado com todos os pormenores e muito rigor. Vê-se que a decoração dos espaços é de um gosto excelente, tanto para os funcionários, como para os bebés. Gostaria de ter frequentado uma creche deste formato. Então, espero que me tenha feito perceber.

- A creche tem a capacidade para vinte e cinco bebês que podem ser acolhidos a partir das primeiras semanas e, geralmente, as crianças residem até a oficialização da adoção.

Kathleen era esposa de um vereador da cidade, uma mulher muito respeitada em Wevelgem. Ela era conhecida por ser a esposa do vereador, mas principalmente pelas suas obras de caridade e pelo seu trabalho, com a protecção das crianças abandonadas.

- Oh, estamos extremamente felizes e agradecidos pela sua presença, aqui!

- É verdade.

- Quando disser à minha filha que veio ver a minha cozinha, ela não vai acreditar – suspirava a cozinheira, com a sua voz emocionada.

Kathleen reage com um sorriso radiante.

- Sabe? Tenho seguido o seu trabalho – disse o doutor Alberto – apesar de fazer parte do projecto de forma indirecta, não deixo de estar surpreendido por tudo o que tem feito. Lembro-me de ter lido alguns artigos sobre o seu trabalho de casos das irmãs que foram adoptadas pela mesma família.

- Com certeza, falou-se muito do caso!

- Eu tenho uma parente que trabalha em casa da família que adoptou as crianças, ela diz que a família tem muitos recursos financeiros e que não podiam ter filhos. A esposa deixou de trabalhar, para cuidar dos filhos, uma família muito feliz. E deixa-me confessar algo – diz a directora do orfanato – toda a vez que temos a sua visita, fico com o coração apertado, a sua presença é sempre bem-vinda.

- Pelo facto de que dentro em breve teremos uma adopção? Espero que compreenda! Permita-me que lhe tranquilize, apesar de ter estado um pouco afastada das visitas de terreno: a minha visita, hoje, trata-se do nosso novo projecto que pretendemos alargar, neste caso o orfanato, devido à capacidade de albergar crianças. O espaço tornou-se inferior à necessidade. O doutor Alberto é um dos nossos maiores apoios, assim como alguns responsáveis políticos, aqui da cidade.

- Fico encantado com tudo isso!

- Sempre, quando se falava de orfanato imaginava o pior.

- Hoje em dia, a responsabilidade pelos órfãos é maior e os mecanismos institucionais estão mais severos.

- É a mais pura verdade – diz o pároco da cidade –, os jovens de hoje não têm consciência do que se passa em determinadas instituições, por isso, fico feliz por presenciar tal transformação.

Rebeca lança um sincero sorriso de agradecimento ao pároco, que não deixou que o momento passasse despercebido, com um aceno de cabeça.

- Muitos crimes foram cometidos contra os órfãos no passado.

- Lembro-me de ter lido artigos e testemunhos de situações inimagináveis.

- Felizmente, para nós, vivemos em épocas completamente diferentes. Não acha, inspector?

- Com certeza, Dona Rebeca! Mas eu sou apologista de que o passado não pode ser esquecido, para evitar cometer os mesmos erros.

- Com certeza – diz Rebeca.

- Eu, pessoalmente, estou de acordo com os dois pontos de vista: o passado não pode ser esquecido, quando está marcado por momentos trágicos; mas, também, devo reconhecer que muito foi feito para a mudança deste passado triste. Digo sempre aos meus párocos que não se paga o mal pelo mal. Então, devemos fazer o bem, independentemente do mal que nos foi feito. Não acha, Dr. Alberto?

- Completamente de acordo! Como autoridade eclesiástica, o senhor tem toda a razão.

- Eu acho que chegou o momento de continuarmos a nossa visita.

- Com certeza, estamos a postos para seguir a Rebeca.

A cozinheira faz um sinal de cabeça para a directora do orfanato, que se afasta da sala, aproxima-se à Rebeca e faz murmúrios ao seu ouvido.

- Senhores, em agradecimento pelos vossos feitos, a gerência e eu mesmo temos o prazer de convidá-los ao cocktail e, com certeza, a continuação da nossa tão interessante conversa.

- Nós estamos encantados!

- Ah, fale-nos um pouco de como são escolhidas as crianças e como chegam até aqui! – diz Williams, com entusiasmo.

O pároco tinha a reputação de ser um homem sábio, regrado e com muito bom aspecto, criado por um pai com êxito e muito religioso; este seu pai, além de ter uma situação económica boa, era muito avarento. Por seu lado, o pároco tinha uma grande paixão, além da religião; era, extremamente, guloso.

- Oh, que mesa maravilhosa! – Exclama o pároco, emocionado, que quase lhe cai. Já faz algum tempo que não vejo tanta coisa boa junta.

- Sim, muita coisa boa mesmo! Mas temos de ter cuidado com os quilos a mais.

- Não se preocupe, não há nada que uma boa caminhada não ajude. Veja que, curiosamente, é algo que pratico diariamente, coisa que hoje, infelizmente, não pude fazer.

- Algo que aconselho fortemente, porque, para além de fazer bem ao corpo, também faz muito bem para a alma.

- Admiro bastante todos aqueles que têm este tipo de disciplina; infelizmente, devido ao meu trabalho, tento manter este ritmo, mas nunca  de forma regrada.

- Se quiser saber, eu, como médico, também aconselho, fortemente, a prática de exercícios físicos; é que durante muito tempo participei de grandes maratonas.

- Não é segredo para ninguém o meu gosto pela comida. E, como se pode ver, se não fossem as minhas caminhadas, estaria a sentir o peso de todo o meu apetite, com um sorriso infantil, enquanto ponho um apetitoso bolo, todo ele recheado de creme.

- É engraçado como, às vezes, é injusto. Certas pessoas

consomem  tudo o que querem e não engordam; outras, simplesmente, comem, directamente, e dobram o peso. Que é o meu caso. Quando me casei com o vereador, eu pesava quarenta e oito quilos; vinte anos depois, peso setenta quilos; travo uma luta quotidiana, já que não acho nada justo. Num sorriso irónico, Rebeca começa a afastar-se da mesa dos doces.

- Recordo-me de que a roupa que usei para o meu casamento, com a minha esposa Laura, serve-me até ao dia de hoje. Minha esposa um dia chegou até mim e perguntou-me como eu faço para manter sempre a mesma forma, sem grandes esforços; eu já a vi passar por situações desesperadoras para manter a forma.

- O segredo está em consumir tudo com precaução; o problema está nos excessos; como dietista, aconselho sempre os meus pacientes a não desistirem do que gostam, mas sim com medidas.

- Eu sou uma amante da boa comida, não sei viver de restrições. Nesta fase da vida, decidi deixar as dietas para os jovens. De  momento, preocupo-me mais com o interior do que com o exterior. Desde que assumi o cargo de directora do orfanato a minha dieta se faz de forma natural.

- Aí está o nosso querido detective, que vai juntar-se a nós, mais uma vez!

- Infelizmente, tenho de deixá-los, porque, como detective, o meu tempo é escasso. Sou um prisioneiro do meu trabalho.

- O senhor não é como os outros.

- Dona Rebeca, deve ter muita auto-estima, pois não tenho visto muitos detectives que apoiam este tipo de causas.

- Eu, como homem de Deus, não tenho tantas oportunidades para tais banquetes e não sei se me permitem fazer uma pequena merenda.

- Com certeza, esteja à vontade! É que com tanto apoio que nos têm dado, por fim, seria falta de educação rejeitar o seu pedido. O facto é que, graças a todos vocês, o projecto se mantém de pé,  algo pelo qual tenho muito respeito.

- É o mínimo que podemos fazer: aliás, um dos princípios fundamentais da minha religião (cristã), é amar ao próximo.

- Soube o que se passou  com Régis?  Quem foi o  assassino?

- Infelizmente, ainda não temos nada, continuamos a trabalhar  nesse sentido e pode demorar, mas havemos de encontrar os culpados.

- Acredito que sim, uma situação muito triste.

- Antes, chegou a nossa convidada surpresa, alguém que teve um papel muito importante neste projecto, dado que, portanto, muita coisa não seria possível sem ela. Apresento-lhes, meus senhores,  Rebeca M, uma das nossas maiores apoiadoras do projecto.

- Boa tarde, meus senhores! Muito obrigado, Kathleen, por esta introdução tão grandiosa! Eu ouvi, atentamente, a todos e concordo, plenamente, com o nosso arcebispo. Sou uma apologista da prática do amor ao próximo; e eu mesma, no momento difícil da minha vida, tive apoio de pessoas que me fizeram ser o que sou, graças a Deus.

- Hum, agora acho que sei o porquê deste mistério! Vejo que deve ser uma das candidatas para adopção.

- Acha, senhora directora? Acredito que sim!

- Mas o que faz aqui? Não devia estar na cozinha?

- Verificar que estava tudo em ordem.

- Está, sim! A propósito, se houver qualquer coisa, faço-lhe saber.

- Que perfume mais agradável desta senhora Rebeca! Gostaria de saber o nome. A minha filha é uma grande coleccionadora de perfumes. E, para ser sincera, ainda não tinha sentido nada igual. Vou à cozinha. Qualquer coisa que houver, estou na minha cozinha.

- Detective Williams, é um prazer conhecê-lo! Tenho ouvido falar muito de si, mas não imaginava encontrá-lo aqui. Confesso que sou uma grande admiradora sua. Conheço todos os seus casos; até agora, o senhor sempre os resolveu.

- Obrigado pelos elogios! Não imaginava que os meus casos fossem falados até este ponto.

- Acredite que sim! Sei que está, agora, no caso da senhora que apareceu morta no parque de Wevelgem; não é?

- Sim, é um caso que tem roubado as minhas noites!

- Já tem algo suspeito?

- Infelizmente, Kathleen, não houve nada!

- Eu rezo todas as manhãs, antes de presidir a missa das nove, pela alma da mãe do bebé da sua família.

- Que situação mais triste!

- Tenho a certeza de que o senhor vai encontrar o culpado ou a culpada. E o feto continua desaparecido?

- Qual feto?

- Que eu saiba, esta informação só foi dada às pessoas mais próximas.

- Como deve saber, detective, este caso passou a nível nacional e, apesar desta informação não sair a público, há sempre quem saiba de alguma coisa.

- Rebeca falava como se soubesse de algo; eu, pessoalmente, não tinha conhecimento do desaparecimento do feto.

- Katleen, eu conheço o trabalho do detective e tenho a certeza de que este caso será resolvido dentro em breve.

- Bem, estamos, aqui, por algo festivo. Então, não vamos estragar o nosso momento pelos momentos tristes. Infelizmente, Régis já não está entre nós.

- É verdade que, como médico especialista em fertilidade, a situação de Régis é muito triste, visto que ela fez o tratamento para, no fim, ser morta desta maneira.

- O que acha da nossa cidade? Já deu um passeio pela vila?

- Penso em fazê-lo, o mais breve possível, porque a viagem foi longa. E vou tirar um dia para repousar, só depois visitarei a cidade.

- Quanto tempo fica por cá?

- Ainda não tenho a data do regresso, pois tenho alguns assuntos para tratar. Só depois decidirei.

- Seja bem-vinda! Se, por acaso, precisar de algo, estarei a seu dispor.

- Rebeca será minha hóspede e do vereador.
- Obrigado pela hospitalidade, Kathleen!

Williams não podia crer naquilo, dada a forma como Rebeca estava informada em relação aos seus inquéritos. Algo deixou Williams confuso e perplexo naquele dia, criando uma certa dúvida de como Rebeca tinha conhecimento do desaparecimento do feto. Afinal, ela nem tinha feito vinte e quatros horas na vila e já estava tão bem informada! Um vento forte levanta-se e traz, consigo, pequenas gotas de chuva que salpicaram a sua pele. O detective senta-se, em frente ao seu computador, a imaginar como a foto das crianças estava relacionada ao crime de Régis. Já fazia alguns meses desde que o crime tinha acontecido. Caso que ele acreditava que estava, sempre, complicado para resolver, já que não havia nem pistas, nem pessoas suspeitas. Pior ainda, os seus instintos não lhe estavam a ajudar e aquilo era um verdadeiro pesadelo. Como um grande detective, não se deu por vencido; ele que dedicou toda a sua vida à justiça, chegou a um momento em que, pela primeira vez, a dúvida pesava pela sua cabeça, com ausência de provas e testemunhas.

Williams decidiu rever todo o processo, a começar pelas testemunhas e todos os presentes no parque, para saber quem tinha enviado as fotos e por que o fizera. Enquanto Williams estava perdido nos seus pensamentos, fixando o seu computador e saboreava uma chávena de café, a campainha toca. Mostrou-se surpreso, levantou e foi até à porta, com os pés nus, com um olhar fixante. Williams não acreditava no que os seus olhos viam. O seu pior pesadelo estava à frente de si, depois de ter se passado quinze anos. Foi que várias vezes ele tentou esquecer-se deste momento cruel da sua vida sem sucesso. Quando, finalmente, o passado tinha ficado atrás, Mell faz-se presente, pois ela é, nada mais nada menos, a única mulher que amou em toda a sua vida.

Mell, já agora, era uma mulher de grande ambição, sem escrúpulo, que levava a sua vida como se de um jogo se tratasse. Mulher esbelta inigualável, vestia uma gabardina preta acinturada por um laço de seda justa ao corpo, que permitia ver as suas formas sublimes.

- Que fazer, aqui?

- É assim que se recebe uma pessoa que foi tão importante na tua vida? Olha que o que me trouxe a ti, honestamente, é de extrema importância.

- Tudo o que vem de ti, para mim, não tem importância.

- Tenho algo, aqui comigo, que pode mudar o rumo da tua carreira.

Williams não compreende como ela poderia ter  feito algo tão importante.

- Abre este envelope e diz algo!

- Estou farto das tuas intrigas.

- Meu Deus, Mell! O que é isso?

- Williams, não podia esconder a sua emoção, ao ver as fotos do seu passado sombrio, a partir do qual, por amor, a Mell caiu no buraco mais profundo.

- Mell, tu sabes o que se passou nesta época.

- Tudo isso foi um grande mal entendido.

- Tu sabes  qual é a verdade ?

- Sou a única que pode ajudar-te neste momento.

- O que queres que te peça de joelhos, para não tornares isto público?

- Eu conheço-te,  perfeitamente, e sei que a tua reputação é muito importante para ti. Eu não faço públicas estas fotos, mas, em contrapartida, desiste do caso da Régis.

- Do caso da Régis? O que tu tens a ver com isso? Eu sou o detective encarregado de resolver este caso e parece-me um absurdo o que estás a dizer. Não tem como eu desistir!

- Tens de arranjar uma solução: ou encerrar o caso, ou estás, completamente, arruinado.

- Por que ?

- Não importa o por quê?
- Eu sou a tua única salvação, agora.

Williams estava sem perceber  qual o interesse de Mell neste caso; o seu corpo está gelado e, além de aparecer um passado que tudo fez para esquecer, a sua reputação estava em jogo.

- Se quiseres que nada disso se saiba, tens, aqui, o meu contacto; sabes o que tens a fazer? É abandonar o caso e saíres limpo desta história; caso contrário, todos saberão que és um assassino à solta.

- Só decidiste aparecer agora,  depois de tantos anos?

- Estás a mentir! Não serias capaz. Sabes melhor do que ninguém que foi por tua causa que tudo isto aconteceu.

- Está tudo nas tuas mãos; és a peça principal do jogo: ou salvar a tua carreira e reputação ou serás destruído.

# CAPÍTULO VIII
## MOMENTO DE DÚVIDA

A ideia de abandonar o caso de Régis atormentava a cabeça de Williams. Não podia, de maneira alguma, compactuar com Mell e ficar um jogo nas suas mãos. Por outro lado, como justificar o sucedido? Por que Mell reapareceu depois de tantos anos? Por que esse interesse súbito pelo caso? Terá alguma coisa a ver com isto? Ele tinha de agir rápido e algo nesta história lhe estava a escapar.

Williams decidiu entrar em contacto com Mell, para uma tentativa de negociar e tentar obter mais informações possíveis.

Williams só podia confiar em uma pessoa e estava com as mãos atadas. A sua inspectora, com quem tem trabalhado no caso, era uma mulher íntegra, com princípios e grandes valores morais – a fidelidade a ele era notável, depois de ter sido salva pelo detective numa emboscada onde era infiltrada na luta contra a protitução. Mell foi descoberta por uma prostituta que ela salvou, foi obrigada a denunciar Mell por ter descoberto que a vida do seu filho estava em perigo. Mell caiu na emboscada e foi salva no último minuto pelo detective Williams, ao passo que a inspectora o admirava, apesar de o achar estranho com os seus métodos de trabalho.

- Estou numa situação muito difícil da minha vida. Sinto que estou a ser chantageado por algo que aconteceu no meu passado e que, até o dia de hoje, não faço ideia do que aconteceu.

- Como assim chantageado? Deve ser algo muito grave! – não conhecia este seu tom de voz.

- Estive envolvido na morte de alguém que o caso ficou sem seguimento devido à falta de provas no México e uma das pessoas envolvidas está a chantagear-me em divulgar   o caso. Ela tem as provas que estive envolvido no caso, ou eu abandono as investigações sobre a morte da Régis.

Mell olha para o detective, estupefacta, jamais poderia passar-lhe pela cabeça uma história tão complicada. Será que ele era culpado? O que se terá passado?

- Williams, senta-se e pensa comigo!

- E se fosse uma jogada?

- Mesmo que assim seja, todo o cuidado é pouco.

- Temos de agir com prudência. Não se preocupe, uma vez salvou a minha vida; agora, é a minha vez de ajudá-lo, pelo que pode contar comigo!

Ele estava em choque; não estava disposto a passar pelo que tinha vivido no passado; o seu amor por Mell foi o mais destrutivo que um homem jamais viveu, mas, ao mesmo tempo, nunca amou tanto outra mulher. Mell tinha tudo o que ele desejava: beleza e carisma  ao mesmo tempo; houve momentos em que parecia que não era a mesma pessoa cruel, afecta aos vícios completamente fora do controle. Ao tê-la visto, vieram os fantasmas do passado. A sua beleza estava intacta; a sua voz, doce e sedutora. Era preciso não cair no seu charme. Apesar dos anos, ele acaba por descobrir que ainda a ama.

- Eu preciso ter mais informações sobre a Mell – diz o ele à Inspectora – onde andou este tempo. O que fez? Remova os céus e a terra e nada pode escapar. Nada mesmo! Está a ouvir-me? Sim, Inspector, esta será a investigação mais delicada da minha carreira!

- Com certeza, vamos mover os céus e a terra até descobrir-mos o que se passa.

- Williams, que surpresa deliciosa! Sirvo-lhe um café?

- Infelizmente, estou de passagem.

- Estou a pensar em instalar-me aqui em Wevelgem, porque esta casa é provisória e, quando ela estiver instalada, faço questão de visitar-te.

- Então, já decidiste?

- Mell, como deves saber, estas decisões não podem ser tomadas aleatoriamente. Preciso de um pouco mais de tempo.

- A tua presença, aqui, mostra-me que estás a levar a sério o meu pedido.

- Estou aqui, para que me possam esclarecer algo.

- Escusa de fazer muitas perguntas; estás aqui para isso, não quero tornar a tua visita inútil.

- Tenho direito a uma explicação.

- As minhas condições são as mesmas: se quiseres saber mais, tenho de ter uma prova de que vais abandonar o caso; nestas condições estaremos de acordo.

- Eu não vim negociar. Por isso, deixa isso muito claro!

- Sempre flexível! É esta qualidade tua pela qual me apaixonei.

Mell aproxima-se a Williams em direcção à sua face .

- Por favor, Mell, não faça isso!

- Por que? Não estamos sós? Não gostarias de lembrar-te dos velhos tempos? Já fomos felizes.

- Lembro-me de que, depois de te conhecer, a minha vida virou de cabeça para baixo. E mesmo passados tantos anos, ainda tentam arruinar-me

- Se quiseres saber mais, vem jantar comigo, amanhã!

- Okay, combinado!

Com um sorriso malicioso, Mell tenta uma última aproximação a Williams que abre a porta em direcção a saída.

Williams decide ir a procura de respostas às suas perguntas, dá um passeio pelo parque, onde foi encontrado o corpo da Régis, A noite está agradável e, enquanto ela anda, ouvia-se o barulho dos pássaros, pelo que parecia ser uma mistura de cânticos de tudo o que era nimal. Os grilos juntavam-se à melodia e tudo decorria com muita harmonia. A lua fazia-se presente E nada fazia adivinhar que neste lugar idílico teria acontecido um crime. Williams caminhava sem se preocupar com o perigo. Custava-lhe acreditar; tira os seus sapatos e caminha a pés nus; vai a aproximar-se das árvores, à procura de algo – um cheiro, um sinal, algo que desse uma pista do que aconteceu, naquele dia fatídico. Caminhou mais de duas horas pelo parque sem resposta, o cansaço começa a fazer sentir-se, quando um barulho estranho faz sentir-se, Williams não visualiza o que se tratava, realmente. Aproxima-se de um arbusto e agacha-se para não ser visto numa posição quase fetal; à medida que o barulho se sentia mais próximo, apercebe-se que eram dois jovens namorados de difícil reconhecimento, mas tinha a certeza de que se tratava de uma escapada amorosa; ouvia-se o barulho de garrafas de bebida que batiam uma conta a outra e o detective, sem mais, decide aproximar-se dos jovens.

- Sabiam que é perigoso dois jovens passearem a uma hora dessas, pelo parque? Não sei se estão ao corrente de que houve um homicídio, aqui.

O casal não reagia e não esperava encontrar o inspector naquele dia.

- Vocês não são estranhos; eu devo ter visto algum lado.

- Não acredito! É que eu não me lembro de tê-lo visto.

O detective Williams julgava, como particularidade, associar todos a algum momento da sua vida. Neste momento, um cheiro forte faz-se inalar e Williams teve uma inspiração profunda.

- Vocês estiveram no parque no dia em que Régis foi assassinado; tu és Liliana e tu o filho de Robert? Podem explicar-me o que se passa, aqui?

- Não, não fomos nós quem estávamos no parque!

- Estão a gozar comigo?

- Não, senhor!

- Será que tenho de lembrar-vos de quem eu sou? Os vossos pais sabem que vocês estão aqui?

- Não, senhor!

- Vou repetir pela última vez: estavam no parque no dia em que Régis foi assassinada?

- Sim, senhor! Os dois responderam em único tom, como se tivessem ensaiado uma peça de teatro.

- **É o seguinte**: preciso de toda a ajuda necessária, para resolver este caso; se vocês recusarem em ajudar, os vossos pais saberão desta vossa aventura, eu não tenho nada a perder, diferente de vocês,. Disse Williams.

- Como podemos ajudar?

- Quero saber, a pormenor, tudo o que se passou, aqui, no dia do assassinato.

- Mas nós...

- Okay! Então, acompanhem-me, que eu farei questão de levar-vos à casa!

- Okay! Faremos tudo do que precisa.

- Deixa-me registar o vosso testemunho!

- O que acontece é que os meus pais e a mãe de Meg não têm boas relações e, neste dia, eu e Liliana tivemos um encontro, enquanto o Valdir, o irmão de Liliana, distraía todo o mundo. O nosso comportamento, neste dia, foi tudo premeditado, para que nós pudéssemos estar a sós.

Não muito distante  de onde apareceu o corpo de Régis, achamos muito estranho, quando a carrinha do orfanato passou por nós, à grande velocidade; estávamos próximos da saída, ela apareceu do nada  e estavam dois homens – um ao volante e o outro no lugar do passageiro.

- Por que não disseram nada  no interrogatório?

- Meu pai tem um carácter muito difícil; não sabíamos o que poderia acontecer se ele descobrisse a minha relação com Liliana.

- Como vocês sabem que era a camioneta do orfanato?
- Bem… hum...
- Tinha o símbolo?
- Sim, tinha!
- Mais alguém sabe disso?
- Não!
- Viram o assassino?
- Não, eu….
- Tu o quê?
- Viram ou não viram ?
- Jugamos que não.

- Vou acreditar em vocês, mas, se por acaso descobrir que mentiram, terão problemas sérios; só vou pedir para que não digam a ninguém do que vocês sabem; aqui está o meu contacto e, qualquer coisa da qual se lembrarem depois, liguem para mim.

- Sim, senhor!

- Bem, vão à casa, porque já está tarde e não quero vê-los, aqui, à hora tardia.

- Sim, senhor!

Williams estava aos anjos, nunca tinha pensado depois de tanto tempo de  investigação que neste dia haveria de ter uma pista tão importante. Nisto, começou a questionar-se:

- Mas por que a camioneta do orfanato estava aí? Hum, que estranho!

No mesmo momento, Williams lembrou-se da foto das crianças, do carro do orfanato. Mas que ligação tem uma com a outra?

Já era de madrugada, impossível para Williams dormir. Não parava de pensar na ligação de Mell com o caso. A carrinha do orfanato e quem seriam esses dois indivíduos. Pega a lupa e começa a examinar  as fotos das crianças. O barulho suave fazia-se ouvir; não era o da campainha, mas, sim, de alguém que batia à porta  de forma dócil.

- Quem será a esta hora?

Olha para o relógio e constata que são duas e meia da manhã; pega a sua arma e aproxima-se da porta a questionar:

- Quem é?
- Eu!
- Eu quem?
- Sou a Mell. Abre, por favor!

- Mell, o que se passa – que fazes, aqui, a estas horas?

- Desculpa-me! Eu não conseguia dormir e resolvi fazer-te uma visita. Mas já é tarde. Eu sei; se não tivesse visto as luzes acessas, não viria; o meu desejo é maior do que a minha razão;  estar próximo de ti faz-me sentir os desejos mais loucos; luto contra isso, mas, infelizmente, perco  a razão.

- Não sabes o que dizes, Mell; aliás, nem brinques com isso!

Williams tremia, as mãos estavam humedecidas de pensar no quanto era bom todo aquele momento em que os dois eram só um, quando todos os prazeres eram permitidos; a pele suave, as carícias intermináveis. "Tenho de resistir". Dizia ele em pensamento que não podia fazer aquilo.

Enquanto William ouvia as frases mais loucas de Mell, com a respiração profunda, ela aproxima-se de Williams, com os seus lábios suaves, e beija-lhe a boca. Põe a sua mão dentro da sua camisa e começa a acariciá-lo. Mell vestia um vestido simples de botão; Williams começa a desabotoar, um por um, entre beijos e carícias. Com uma mão, Williams arranca o vestido e entrega-se ao prazer, entre beijos e suspiros.  Deitados no chão,  o casal transbordava prazer; nada nem ninguém poderia impedir os corpos suados, naquele momento  insensato.

Williams estava, muitas vezes, rodeado de mulheres bonitas e com muito poder. Nesta manhã, ele recebeu a visita de uma das mais enigmáticas que já conheceu, Rebeca M, que, após alguns  discretos dias na cidade, resolveu aparecer.

- O prometido é devido.

- Como está? A que devo a honra da sua visita?

- Fui eu quem enviou as fotos do orfanato; fui observando os seus passos e concluí que era o momento de apresentar-me. Este senhor ao meu lado é o meu segurança pessoal. Estou aqui na vila por uma situação precisa. Vivi aqui muitos anos atrás, até ao momento do meu acidente; perdi o pai dos meus filhos e fiquei em coma por um período; depois disso, recebi a triste notícia de que meus gémeos tinham falecido; a razão que faz estar aqui, como se imagina, é que não vi os corpos, ninguém sabe de nada  sobre o seu enterro; não se sabe, não tenho como fazer o meu luto.

- Triste historia!

- Muito triste!

- Em que posso ajudá-la?

- No dia do acidente, fomos socorridos por uma mulher que estava acompanhada de dois homens. Preciso encontrá-**la, porque ela deve saber o que se passou.**

- Tem algo para identificá-la?

- Não me lembro muito bem, mas a voz dizia que um dos homens tinha um olhar particular.

- Tem algum documento que prova que as crianças faleceram?

- Não tenho nada, apenas algumas informações; fiz o meu pequeno inquérito e descobri que as crianças foram entregues a um orfanato, aqui na vila.

- Isso justifica a sua presença na inauguração do orfanato

presidida por Kathleen?

- Certíssimo! É o único orfanato da vila e uma das formas de saber  o que se passou, portanto, é tentar uma aproximação. Contudo, a única coisa de que sei, aqui, é que os bebés deste orfanato são criados para famílias ricas; nem todo o mundo tem acesso a eles. Inscrevi-me, descobri que tem uma burocracia interminável e a lista de espera é enorme.

A visita ao orfanato estava prevista para às onze da manhã, mas, como estava próximo,  resolveu chegar mais cedo.

- Detective, como está? O que devemos visitar?

- Tenho, aqui, estas duas fotos e gostaria de que me dissesse se conhece, ou se por acaso aqui estiveram.

- Estas caras não me dizem nada.

- Tem a certeza?

- Absoluta! Normalmente, temos os registos acompanhados de fotos e estas crianças nunca  estiveram registadas nesta instituição.

- Tenho informações que dizem que foram entregues aqui.

- Tudo, aqui, é documentado; se tivessem estado, seria fácil, através da documentação, localizá-las.

- Quais são os critérios de adopção? O povo tem um exemplar do formulário?

- Devo lembrar par si que estou, aqui, como detective em missão oficial. Por isso, agradecer-lhe-ia que não me ocultasse alguma informação. Já agora, fique com o meu contacto e, qualquer coisa, por favor, mantenha-me ao corrente!

Williams e a sua inspectora estavam a fazer o balanço de todas as informações obtidas até ao momento. Sentado na sua cadeira, rodeado por um jardim que dava face ao seu escritório, fixava, atentamente, às quedas de água, enquanto nomeava os pontos mais importantes das investigações. Logo a seguir, a inspectora aponta os pormenores.

- Um facto importante: a morte de Régis está relacionada aos bebés.

- Por que o feto de Régis desapareceu?

- Chego à conclusão de que o orfanato esconde algo que não soubemos o que é.

- Por que a Rebeca M diz que seus bebés estão vivos?

- Talvez pelo facto de que não existam evidências do falecimento das crianças. Posso entrar?

- Oh, Kathleen, por favor, entre!

- Sente-se, por favor!

- Obrigado, inspectora!

- A que devo essa visita?

- Uma visita privada, como deve imaginar em nome da nossa amizade.

- Se precisar de algo – água ou um café –,  estarei do outro lado.

- Obrigado, inspector!.

- Gostaria de pedir a sua discrição em relação ao assunto que me traz aqui.

- Discrição é o meu modo de vida. A propósito, diga-me lá, o que lhe aflige?

- Soube que esteve no orfanato em busca de informações; sabe que o meu marido é o vereador da vila; não ficaria nada bem se o orfanato que dirige estivesse metido em um escândalo.

- Com certeza! Compreendo, perfeitamente, que seria de longe a minha intenção de conhecê-la muito bem; sei todo o esforço que tem feito para estas crianças.

- Sem sombra de dúvidas, eu considero estas crianças como minhas.

- Faça-me perceber em que posso ajudá -la.

- Soube que tem andado em busca de duas crianças desapa-recidas, que em princípio foram entregues ao orfanato; não é a primeira vez que oiço esta história; não sei de onde veio, mas estas crianças nunca estiveram no meu orfanato; foi, praticamente, o mesmo tempo que tive.

- Como mãe, deve imaginar a dor da mãe destas crianças que vivem sem saber o que foi feito com os seus filhos.

\- Nem posso imaginar!

\- Pois é! É isso que pretendo descobrir.

\- Depois de tantos anos, parece impossível saber o paradeiro das crianças.

\- Não menospreze o meu poder de detective!

\- Com certeza que não!

\- Não estou a pôr em causa a sua instituição, como se deve imaginar. Como afirmei várias vezes, este orfanato tem tudo para ser considerado um dos melhores a nível nacional. E eu farei de tudo para que assim seja. A sua generosidade é notória, por isso, não poderá pôr em questão os seus esforços.

\- Não acha que seria melhor para esta mãe aceitar o facto de que os seus filhos estão mortos e seguir em frente?

\- O que faria se fossem os seus filhos?

\- Eu.., hum…, sinceramente, não sei!

\- Pois! Às vezes, temos de mudar de lugar e sentir o que o outro está a sentir, antes de tirar conclusões.

\- Existem testemunhas que dizem que estas crianças estiveram no orfanato, ou relacionadas com o orfanato. Isto é o que desejo descobrir.

\- Peço-lhe a sua discrição que o orfanato é toda a minha vida e estas crianças precisam de **lá estar.**

- Diga-me uma coisa, Kathleen: a partir de que idade as crianças são recebidas no orfanato?

- Não temos idade específica. Temos condições de receber até recém-nascidos. Justamente, temos um lugar, na porta dos fundo, onde as mães podem deixar os bebés, de forma anónima. Chamamos a campainha da esperança, a mãe chega com o seu bebé, toca aquela campainha e soubemos de imediato de que não quer ser reconhecida; se ela desejar, claramente, pode ter um acompanhamento; caso contrário, ela pode seguir o seu caminho.

- Interessante! E têm aparecido muitos bebés?

- Não tantos! Temos uns dois recém-nascidos que chegaram na semana passada.

- E como fica a documentação? De onde derivam estes be-bés?

- Esta instituição é reconhecida a nível nacional e internacio-nal e, por incrível que pareça, a maioria dos bebés era de mães estrangeiras que, por falta de condições, atravessam o país para deixarem os seus bebés; temos advogados com quem trabalhamos e até educação religiosa para os mais grandinhos.

- Fique tranquila, Kathleen, porque ninguém saberá da sua visita! Como está a sua hóspede?

- Oh, Rebeca, quase não a vejo! É uma mulher adorável e é um prazer tê-la como hóspede.

- Já a conhece há muito tempo ?

- Desde que os meus gémeos completaram cinco anos de idade, estão com quinze agora.

- Ela sempre se fez presente nas doações do orfanato.

- Se não abuso da sua confiança, por que estas perguntas?

- Achei-a, realmente, uma mulher linda, muito elegante e carismática.

- Hum! Detective, realmente, ela não deixa nenhum homem indiferente.

# CAPÍTULO IX
## SOBRE PRESSÃO

O dia tinha sido muito exausto para o detective, por isso, nada melhor que chegar à casa tomar um banho e apreciar uma boa costeleta que esperava por ele na geleira, acompanhado por umas batatas cozidas e legumes salteados, mas a sua chegava não foi tão gloriosa, como prevista, sua porta principal estava aberta. Respirou fundo e o seu instinto avisou que estava numa situação de perigo; tira a sua arma e acende a sua lanterna, já que a casa estava, completamente, escura.

Ouve-se alguns passos vindos do seu escritório e aproxima-se, lentamente. Olha a direita e concluiu que, provavelmente, estivessem presentes dois homens. Quando se aproxima da porta, sente uma forte dor na nuca e cai; tenta levantar-se e a arma escorrega-lhe da mão; começa uma luta de homem a homem, enquanto o outro meliante continua à busca de si. Williams e o seu adversário travam uma luta sem fim. Williams escorrega na arma que vai até próximo da arma, num gesto de última hora. Williams consegue pegar a arma e aponta num dos indivíduos, que atira como um copo de soda que estava em cima do escritório.

Na confusão, Robert e a sua esposa, que faziam o seu passeio noturno, apercebem-se dos gritos e vão ver o que se passa. Robert, ao ver o inspector a ser agredido, salta por cima do homem que solta o inspector e começa a agredi-lo. Williams vira-se e atira-se ao outro homem, que consegue soltar-se; outro aperta tão forte na virilha de Robert, que o solta,  enquanto a esposa de Robert gritava pela ajuda e os homens põem-se em fuga. Williams vai atrás deles e dispara, pondo um tiro acertado no braço de um dos fugitivos; estava escura, não havia forma de identificar tais homens que se vestiam de preto e tinham algo nas suas cabeças, o que piorava a dificuldade de vê-los.

- Não conseguiu identificá-los?

- Infelizmente, não!

- O que será que procuravam?

- Levaram todas as fotos do caso Régis e as dos gémeos desaparecidos.

- Eles foram, directamente, ao meu escritório, porque sabiam o que  procuravam. Vamos dar um alerta a todos os hospitais, para que fiquem atentos.

- E o senhor está bem? Não precisa de atendimento médico?

- Não sei o que seria se vocês não aparecerem. E fico a dever-vos este favor.

- Não se preocupe, porque não nos deve nada! São vocês que dão a vida em prol da nossa segurança.

- Sim, sim inspector,  eu estou bem! Não foi nada grave, pois são ossos do ofício.

- Sabe? A coisa começa a ficar séria. Olha que tive a visita de Kathleen, hoje, e não imaginava que o meio de transporte que os meliantes usaram, no fundo, fosse uma camionete com o logo do orfanato. Alguma coincidência? Hum, não me parece, algo está a escapar e não sei de que se trata.

- Eu estive a pensar em como tudo isso me parece estranho, pois, desde o meu último encontro com o esposo de Régis, o Marc  nunca mais se pronunciou, para saber  como estão a decorrer as investigações. Não dá notícias.

- Algo está errado.

- Realmente, não tinha pensado nisso. Muito estranho, inspector! Vejo que algo muito errado está a passar-se, aqui.

- Marc não ficou surpreso com a nossa visita. Tudo indica que já estava à espera de nós, para que Marc fizesse perguntas de como estaria a evoluir o caso, ou se o feto tinha sido encontrado. Marc contentava-se a contemplar os dois, sem nada para dizer-lhes; parecia  um homem despreocupado e sem deixar nenhuma expressão facial.

- Tenho viajado bastante, pelo meu trabalho, e estes tempos não foram fáceis, para mim; minha filha está com os avós maternos e eu tento concentrar-me o máximo possível, para meu equilíbrio emocional.

- Onde havia trabalhado?

- Foi no México onde conheci a Régis; às vezes, é importante fazer um retiro, tanto espiritual, como físico, para a nossa própria sobrevivência.

- Apresento-lhe as minhas desculpas, pelo incómodo. Já que estamos numa fase importante do inquérito, agradeço-lhe que não se ausente do  país.

- Com certeza, estarei à vossa disposição.

O telefone toca do outro lado da linha, Mell, completamente fora do seu estado.

- Tens até amanhã para decidirem se irão abandonar o caso, porque tivestes tempo suficiente para reflectir.

- Onde tu andas?

- Não interessa, preciso da tua decisão, urgentemente.

- Vem à minha casa para conversarmos.

- Não temos mais nada para conversar, porque eu já disse tudo que tinha de saber.

- Mell, tenha calma!

- Tens até amanhã.

- Estão a tentar desfazer-se de mim de uma forma menos escrupulosa e espera-se a minha renúncia; eles não sabem que já travei batalhas piores; se é guerra que eles querem, eles terão, porquanto eu não renunciarei, mesmo que pareça uma batalha perdida de avanço, **Régis**. Têm direito à **justiça assim como o seu bebé**.

- Estamos juntos, detective. Não devemos temer, eles não sabem o poder que o senhor tem.

- Alguém muito importante está interessado em afastar-me deste caso; alguém que conhece a minha história com Mell, pelo que vejo, não quer que o caso de Régis venha à tona.

O túmulo de Régis era todo ele branco, muito bem cuidado. As flores eram frescas, como se tivessem sido postas há pouco tempo com os nomes gravados; tinha uma escultura de uma mãe que segura o seu bebé e ao lado há duas pombas. O texto principal dizia juntos do princípio ao fim. O inspector não parava de perguntar-se o que aconteceu. O que lhe estava a escapar? "Vou descobrir quem fez isso" – dizia Williams, em voz alta. Sei que ainda não estás em paz, porque não achamos o culpado e tens a minha palavra de que não descansarei, enquanto não achar quem fez isso.

- Uma coisa é certa – diz o inspector para si mesmo –: provavelmente, vê-se que a resposta esteja no orfanato; Kathleen não quer que se saiba dos gémeos desaparecidos que, aparentemente, estavam no seu orfanato. Mell aparece do nada a chantagear-me; Marc não se preocupa em descobrir como está a evoluir o processo; Rebeca chora os seus filhos; e a camioneta do orfanato que aparece tanto no local do crime pode ser a mesma do assalto na minha casa.

- Quem são estes dois homens?

- A minha intuição, que não me engana nunca, diz-me que tudo começou com o desaparecimento dos gémeos, isso há quinze anos, época em que fui, ao México, ter com a Mell que, na altura, éramos noivos. Conhecemo-nos: dois meses depois, ficamos noivos; três meses, estávamos a viver juntos. O seu irmão estava metido no caso de tráfico de mulheres. Na época, eu, como jovem inspector, e alguns advogados mexicanos conseguimos absolvê-lo por falta de provas. O que eu não contava, na verdade, é que, ao chegar ao meu hotel, no meu quarto, encontrasse um cadáver, o que fez com que todas as provas apontassem para mim. O meu informante  tinha sido assassinado. Fui obrigado a tirar de lá tanto a Mell,  o seu irmão, como os seus comparsas. Sobre as ameaças, mais tarde, Mell e o seu irmão convencem-me de que o assassino foi encontrado. Inclusive, falei com o policial encarregado do caso e, anos depois, descubro que tudo era uma mentira. Hoje, estou a ser procurado pela polícia mexicana e Mell a chantagear--me.

- Que historia, detective!

- Pois é! O amor tem razões que a própria razão desconhece.

- Importante é saber onde estão os filhos de Rebeca e quem era  a senhora que os socorreu. Estas são as perguntas das quais não estou a encontrar resposta e não vejo a ligação que há entre elas.

Robert e a sua esposa fizeram questão de convidar o inspector para um jantar no dia seguinte, porque já fazia tempo que o casal não  recebia visitas. O jantar estava divino, nada fazia crer que Mary pudesse ser tão boa hipótese. À entrada, umas tostas marinadas com tomate cereja; depois de uma sopa de asperger, como prato principal, medalhões ao vinho branco e com sobremesa mousse de caramelo.

- Estava divino, Mary, pois já faz tempo que não como assim tão bem.

- Está a deixar-me envergonhada.

- Nada disso, amor! Realmente, foi tudo uma delícia.

- Eu sou um grande amante da cozinha. Esta receita da mousse ainda vou procurá-la.

- Quando quiser.

O casal tem uma troca de olhares, como se algo os estivesse a incomodar, situação que não passou despercebido pelo detective.

- Sabe? Eu não estou, aqui, a trabalho. Estou como amigo.

- É por isso que eu e Mary temos algo a dizer, um aviso: tenham muito cuidado, pois o senhor não sabe com quem está metido; são pessoas muito poderosas.

- Por que dizem isso?

- O ataque não foi  suficiente? Só Deus sabe o que poderia acontecer  e quais eram as intenções deles. Eu já senti, na pele, a maldade do ser humano e tive minha vida destruída, em segundos.

- Fala como se soubesse de algo.

- É só um aviso: tem bom coração e não gostaríamos que algo acontecesse consigo.

A visita de Williams à Mell era inesperada; fumava cigarros atrás de cigarros e bebia cafés uns atrás do outro; às vezes, gritava com os empregados, sem saberem o porquê de tantos maus tratos. Andava de um lado para outro, na sala.

- Não esperava a sua visita.

- Tive de reflectir antes de tomar esta decisão.

- Então, já sei que decidiste não abandonar o caso.

- Pois é! Como vês, continuo o mesmo. Quando tenho algo em mente, vou até ao fim.

- Não mudaste mesmo, sabendo que estás em perigo.

- Vejo que estás em mudanças.

- Esta vila é pequena demais para mim.

- Aonde vais, desta vez?

- À minha casa.

- No México? Achas prudente?

- Venezuela. Ficarei por lá um tempo.

- Que fazer aqui?

- Vim buscar as provas que tens contra mim.

A voz de Mell muda, completamente, de tom.

- Não é porque não te denunciei, que te vou ajudar.

- Já ajudaste, na verdade, porque a tua presença, aqui, esclareceu muita coisa

- Que queres, exactamente?

- Saber que estás a cobrir e porque estás a fugir.

- Eu não sou quem tu pensas. Não tenho intenção nenhuma de te fazer mal. Digo-te que eu darei provas e farás delas o que quiseres.

Mell ausenta-se, por uns minutos, e regressa com uma cara de incrédula:

- Não vais acreditar no que se passou. É que as provas sumiram.

- Sumiram? Não acredito no que dizes!

- Podes crer. Estou a ser sincera, visto que preciso de sair daqui o mais rápido possível. Já não tenho tempo a perder.

- Por que esta necessidade repentina em ausentar-se ? O que se passa?

- Desta vez, não me poderás ajudar, mas tens de partir, imediatamente. Quanto menos pessoas souberem, melhor. Por favor, peço-te!

- Não sei o que estás a tramar, nem em que estás metida, mas uma coisa garanto-te: nunca abandonei um caso e este não será diferente, porque detesto casos arquivados.

Williams e Rebeca decidiram manter oculto o facto de Rebeca ser a mãe dos gémeos. Ela estava mais decidida do que nunca em encontrar os seus bebés. Após o seu passeio matinal, dá um banho à base de óleos especiais e, completamente, maquilhada, pronta para enfrentar mais uma jornada de investigação com o seu fiel amigo e guarda-costa. Passeava pela cidade à busca de mais informações; a cidade estava agradável para um passeio, os habitantes passeavam, os seus animais de estimação circulavam de um lado para o outro, os sorrisos no rosto das crianças eram contagiantes, o parque era o destino final de muitos deles. Rebeca apreciava cada detalhe à medida que avançava o seu grande desejo de encontrar os seus gémeos.

A decisão estava tomada e não abandonaria a vila, sem saber o que se passou, realmente.

Kathleen, a esposa do vereador com grande influência na comunidade, amava passar umas horas no jacuzzi, na sua mansão, rodeada de arbustos, de muros, girassóis e do pequeno lago, onde era possível praticar o hobby preferido do seu marido, a pesca. Kathleen fazia de tudo para chamar atenção; a sua aparência era cuidada ao pormenor, enquanto a sua cabelereira cuidava dos seus lindos e sedosos cabelos; apreciava uma taça de champanhe, enquanto ouvia todas as novidades sobre a cidade da boca da sua fiel cabeleireira, que fazia questão de não ocultar nada. A conversa foi interrompida pela presença dos seus gémeos; dois adolescentes que sabiam do quanto a sua mãe estava pronta a tudo para os proteger.

Kathleen era uma mulher forte de carácter, pelo que sabia, perfeitamente, do seu poder de sedução; sempre conseguiu tudo aquilo o que queria, já que nada era impossível para ela; a grande fragilidade eram os seus gémeos, os únicos que conseguiam demonstrar a sua fraqueza. Naquela tarde, Kathleen não estava disposta a entrar em contradições, muito menos com os seus filhos, porque a sua cabeça estava noutro lugar, sem fazer a mínima atenção do que os levou até ela. A chegada do seu grande amigo, o doutor Alberto, foi uma alegria e só ele poderia compreender a sua preocupação.

- O orfanato está sob investigação, não sei o que se passa.

Alberto olhava fixamente para Kathleen, enquanto coçava os seus cabelos; os seus olhos brilhavam, a sua voz mudava e, à medida que falava, ajustava a sua gravata. Com o orfanato a ser investigado, ela e Kathleen tornaram-se suspeitos, já que foram os mentores do projecto.

- Então, o que aconteceu?

- Sobre os gémeos desaparecidos. Acontece que o relatório de falecimento tem a minha assinatura.

- Calma, porque não há nada que prove que os gémeos tenham estado no orfanato e o documento foi destruído!

Neste momento, eles não têm como provar nada – repete Kathleen.

- Kathleen, não tenha tanta certeza. Quanto a mim, começo a ter mau pressentimento. Respondeu o Alberto.

- Tu és um homem muito negativo!

- Como amiga pessoal, podes muito bem saber de todos os passos do detective.

- Alberto, deves saber que a minha amizade não me situa nas investigações.

- Na verdade, não acredito que Williams, um homem discreto e cheio de princípios, permita uma fuga de informações. Temos, sim, uma boa amizade, mas não somos parceiros na luta contra o crime.

- O nosso outro convidado está em linha.

- Desculpem-me pelo meu atraso! Mas podemos começar.

- Como sabem, as coisas começam a complicar-se.

- O que a Mell diz de tudo isso?

- Infelizmente, a sua estratégia falhou e não conseguiu afastar Williams do caso.

- Onde ela se encontra, neste momento?

- Ignoramos todos.

- Alguém sabe em que estado está o caso?

- Não tivemos mais informações até ao momento.

- Bem, o projecto continua – diz Kathleen – e, até ao momento, não há nada que possa impedir, pois os pagamentos foram feitos e os clientes estão à espera do seguimento ao processo.

- Alberto, pode continuar nas pesquisas! As encomendas continuam, contudo não há como ligar os vossos dois nomes às investigações. Enquanto não houver suspeitos, a operação continua.

Do outro lado do telefone, o interlocutor, que queria guardar-se no anonimato, diz:

- Eu vou continuar no processo de conquista de futuros parceiros. Sei que este negócio é muito lucrativo e espero contar com o vosso apoio. Em relação à minha saída do país, terá de ser feita com a maior discrição e ninguém poderá saber sobre a minha ausência; os nossos futuros parceiros não pretendem negociar com estranhos, porquanto o risco é enorme. Logo, a minha presença é indispensável.

- Parece muito fácil, mas temos de ver como tirar Williams do jogo.

- Vai levar tempo. Ele sairá a bem ou a mal.
- Kathleen está sempre muito confiante.
- Doutor, até agora, sempre consegui o que quis.
- Não te esqueças de que, agora, tens o Williams como adversário. E as provas contra ele sumiram mesmo?

- Estranho demais! Já tínhamos tudo para afastá-lo.

- Ele não poderá nada contra nós - diz – a voz ao telefone.

- Não nos esqueçamos do nosso apoio incodicional do pároco da vila, porque ele tem muito interesse em manter tudo isso privado e conta com os amigos muito poderosos.

O pároco, homem ambicioso que usava o nome de Deus para os seus fins pessoais, após mais de vinte anos em África e expulso devido ao seu comportamento imoral, respeitado por uns e detestado por outros, fazia várias refeições por dia, devido à sua grande gula. Havia alguns que diziam que o padre sofria de uma doença que o seu organismo não ficava satisfeito; era tanto o apetite que passava a maior parte do seu tempo à mesa; o seu regresso para a Bélgica foi um sigilo total, visto que ninguém sabia o que tinha, realmente, se passado. Quando se tratava de visitar a casa dos fiéis, sabiam, de antemão, que era necessário preparar um banquete tanto para consumir no momento, como para fazer a sua merenda, que era consumida pelo caminho, antes mesmo de chegar à igreja.

As segundas-feiras era o dia da visita aos necessitados; quarta-feira, às mães solteiras; sexta-feira, às famílias numerosas e sábado, aos hospitais, apesar de a sua agenda apertada ter sempre tempo para aqueles que iriam confessar os seus pecados. Se havia algo que os fiéis admiravam, por fim, era os seus conselhos. O pároco conhecia tudo o que se passava. Uma das suas grandes fiéis era Régis, quem não passava uma semana sem confessar. Ele era o único que sabia que Régis, para pagar os seus estudos, teve que andar na vida da prostituição e foi lá que conheceu Marc, que era adicto a estas práticas e o único que sabia que a relação entre Régis e Marc nem sempre foi um mar de rosas. Foi aconselhado várias  vezes, no confessionário, para que Régis não deixasse o seu esposo. Como cristã praticante, Régis acatou os seus conselhos e seguiu a sua vida marital, mas jamais os seus fiéis questionariam o seu método de trabalho.

A sua grande aliada Kathleen, mulher positiva e responsável por várias obras caritativas, aparentemente, era uma mulher digna de confiança.  Com  o início das investigações, a imagem de Kathleen e a de todos os seus cúmplices começam a ficar manchadas. Já que estavam em risco.

- Parabéns, querida! Novo corte ao cabelo?

- Gostas?

- A que se deve esta mudança radical?

- Hum, preocupações! E não desejo mudanças! Mas, aqui, as coisas estão cada vez mais complicadas, para mim.

- Mell, fica calma, pois vamos resolver isso! A tua ajuda  é muito preciosa para nós, pois tu fazes parte do projeto e és uma das peças importantes.

- Não te preocupes, Kathleen, uma vez que, além de sermos irmãs de sangue, estamos juntas nisso! Nunca poderei esquecer-me de tudo o que fizeste por mim. E tudo o que tenho é graças a ti, porque estamos juntas nisso.

- Os documentos, que provam que Williams é o autor do crime, foram roubados; se Williams os tiver em mãos, obviamente, saberá que tudo aquilo foi uma mentira e corro o risco de ser descoberto.

- Tens de manter-te aqui por mais um tempo. É que ninguém poderia saber do nosso trato, nem da nossa filiação. Nisto, é importante que Williams pense que estás fora da cidade. Eu não creio que vá atrás de ti, porque ele tem sentimentos muito fortes por ti.

- Williams continua a pensar que está a ser perseguido a partir de México.

- Seja mais clara, Mell!

- Todas as acusações contra ele foram abandonadas.

- Não temos outra solução? Uma outra forma de culpá -lo?

- De momento, seria melhor deixar como está, dado que corremos o risco de amarrar um cordão ao nosso pescoço. Reparem que Williams é imbatível!

- Não tenciono entrar em choques com Williams e, na verdade, quanto mais distante, será melhor, para mim.

Rebeca sai do seu banho e está vestida do seu rubi de banho curto; os pés nus e uma toalha enrolada à cabeça;

- Então, a que devo a sua visita?

- Recebi o seu recado, ontem à noite.

- Verdade, Williams, tenho algo importante para ti. Rebeca avança e tira da sua carteira um envelope e entrega-lho.

- Do que se trata?

- Abre e verás!

Williams abre o envelope com a mão direita e com a esquerda puxa a cadeira mais próxima, senta, completamente, surpreso com o que tinha nas suas mãos.

- **Não têm mais nada contra ti. Agora, estás livre.**

- As provas? – diz Williams, com uma voz de êxtase.

- Então, foste tu?

- Tinhas provas durante este tempo? Quando as conseguiste?

- Não faz muito tempo que as tenho. Esperava pelo melhor momento e algumas informações que precisavam ser verificadas antes de os entregar.

- Excelente trabalho! Vejo que todas as provas que a Mell tinha contra mim, certamente, estão aqui.

- **Não é tudo. Tem outra: Mell e Kathleen são irmãs.**

- Eu já sabia, pois ela nunca me enganou neste aspecto.

- Inclusive, eu tenho uma foto das duas, enquanto pequenas.

- O detective nunca disse nada por quê?

- Faz parte do meu trabalho manter sigilo.

- Além de lindas, és uma excelente detective.

- Não diga isso, porque fico envergonhada!

- Digo-te isso com maior sinceridade: é muito difícil não cair sobre o teu charme.

- Detective, por favor, o senhor também é muito interessante!

O clima tornou-se, por um instante, dócil, como se os dois estivessem a ouvir uma música que tocava somente nos seus ouvidos. Era impossível não evitar uma aproximação. Afinal, já fazia muitos anos desde que Rebeca não sentia algo tão forte. Williams estava estático e o que ele mais queria, então, era prender Rebeca nos seus braços e nunca mais deixá-la sair. O beijo foi inevitável nos braços um do outro; aliás, beijavam-se, perdidamente, enquanto os seus corações acelerados batiam ao mesmo tempo, como se de uma combinação sincronizada se tratasse. O momento foi interrompido pelo empregado da casa, que anunciava que o café estava servido e, maravilhados com os olhares apaixonados, dirigiram-se à sala do café, pois nada poderia ser tão especial como esta manhã.

O telefone de Williams toca  no momento em que estava prestes a sair.

- Detective Williams?

- Sim! O que deseja?

- O senhor tem uns minutos para mim?

- Com certeza! Então, em que posso ser útil?

- Gostaria de ter um encontro urgente com o senhor.

Williams estava surpreso, pois aquela voz não lhe era estranha. Sim, tratava-se de Robert, o homem que uma vez salvou a sua vida num ataque na casa de Williams. Robert tinha sido um grande homem de negócios, muito influente, que, após a ruína, ergueu a cabeça e reconstruiu uma nova vida, porque desistir não era a sua decisão. À medida que o tempo passava, o novo negócio de Robert se tornava próspero e ganhava a sua dignidade de volta. Mais habitantes ganhavam confiança, fluía a clientela. O homem, com grande senso de dever espiritual de negócio, fazia sucesso em tudo que tocava; trabalhador imbatível, pontual e de grande responsabilidade. Robert estava no seu escritório, numa sala próxima à entrada principal da casa. Mary abre a porta, dirige Williams ao escritório de Robert e, no meio da papelada, apercebeu-se, depois de uns segundos, da presença de Williams a pedir à sua esposa que prepare uma das suas receitas preferidas.

- Como sabe, Mary é uma cozinheira de mãos cheias. E faço questão que nos acompanhe ao almoço.

- Eu confesso que, até aos dias de hoje, pensei naqueles deliciosos medalhões feitos pela Mary.

- São os meus preferidos. Graças a Deus, o negócio prosperou, mas o tempo ficou escasso para mim. Trabalhar com o público tem muitas vantagens e desvantagens, dado que muitas coisas chegam aos nossos ouvidos sem pretender.

- Com certeza que nós, como homens da lei, dissemos sempre: quer saber algo? Vai à rua e estará informado.

- O senhor tem de ter muito cuidado; tem havido algumas pessoas que buscam informações a seu respeito. Ao abrir o processo do desaparecimento dos gémeos, o senhor acumulou inimigos. Por isso, tenha muito cuidado!

- Sempre fui um homem transparente. O que pretende dizer-me?

- Kathleen, há anos que é infiel ao vereador. Olha que existe comentário de que o vereador se mantém casado, para proteger os seus filhos.

- E quem será este amante?

- A única coisa que sei é que talvez seja um homem casado.

- Deu para sentir que a minha lista de inimigos aumentou muito nestes últimos dias.

- Desconfie de Kathleen, talvez ela não seja quem o senhor pensa que ela é.

- Eu tenho confiança na justiça e ela pode demorar, mas não falha.

- Kathleen é uma mulher muito respeitada e perigosa; ao atacá-la, terá uma boa parte da comunidade contra si; teve sorte de não lhe ser retirado o caso. Se assim fosse, eu continuaria até descobrir toda a verdade.

- Tentaram fazer chantagem para que eu me retirasse. São as informações que tinha para si, agora gostaria que degustemos do saboroso almoço, algo preparado pela minha esposa. Caso seja necessário, o senhor tem todo o meu apoio no que precisar.

- Obrigado! O cerco está, cada vez mais, apertado para eles; os inimigos foram detectados; a causa será justa e valerá a pena.

# CAPÍTULO X
## PERSEGUIÇÕES SEM TRÉGUAS

Thena prepara-se para mais um dia de trabalho; a sua infância não foi das mais fáceis; era filha de emigrantes e teve uma infância tranquila; os seus pais proveram-se  para que não lhes faltasse nada; aos doze anos de idade, os seus pais partiram para o trabalho sem nunca mais regressarem; tudo foi feito para o encontrar, mas até ao dia de hoje nada se sabe; a primeira filha dos seus pais, em companhia dos outros seus irmão, teve de sobreviver às custas do que aparecia, enquanto os seus irmãos entraram para o mundo do crime; actualmente, presos por pequenos delitos. Thena decidiu que queria um futuro diferente para si, porque muitos dos seus companheiros perderam a vida de forma drástica; decidida assumir o seu destino e ser um exemplo para os seus, entrar para a polícia em busca da justiça e, quiçá, algum dia encontrar os seus pais. Toda esta experiência fez dela uma mulher forte e decidida, sem medo de nada, nem de ninguém, pronta para entrar em sua viatura; dois homens armados cercam-lhe e impediram-no de entrar. O primeiro aproximou-se e foi neutralizado por Thena. O segundo tentou com o seu bastão de basquetebol e teve a mesma sorte.

Thena algema o primeiro indivíduo, o segundo apercebe-se da gravidade da  situação e põe-se em fuga.

- Escuta  bem o que te vou dizer. Os teus projectos terminam aqui – diz Thena ao meliante, enquanto levanta  o homem  que estava aplicado ao solo.

- Temos algo muito sério para conversar e podes começar por dizer quem foi o mandante desta agressão, porque, depois, a cadeia está à espera de ti.

Williams está distante e com seus olhos fixos na janela, não para de imaginar no seu fogoso beijo com Rebeca. A emoção era total, jamais tinha sentido algo igual, sentia-se como um verdadeiro adolescente, pelo que estava a viver o seu primeiro beijo; ainda estava presente na sua pele o cheiro de Rebeca, prestes ao momento em que pegava no telefone e é interrompido pela inspectora Thena:

- Chefe, acho que acabei de prender um homem que, provavelmente, tenha algo a ver com o assalto que sofreu na sua casa.

- O que lhe faz concluir isso?

- Dois homens fizeram-me uma emboscada, um conseguiu pôr-se em fuga e o outro está aqui.

- Confessou alguma coisa?

- Recusa -se a falar.

- O que é certo é que vieram contra mim e ainda não sei o porquê.

- Nome...

- John.

- Não me diz nada.

- Nem a mim, porque verifiquei nos ficheiros e é desconhecido.

- Primeiro, descobrir quem ele é; levantar toda a sua ficha; não é possível que não tenha algo que possamos descobrir.

- Temos de saber o porquê **da agressão, quem é o mandatário**, etc.

- Sim, chefe.

- Testemunha ocular?

- Traga o homem!

- Chefe, tenho uma má notícia: o homem foi solto, porque pagou uma fiança e terá de apresentar-se em julgamento.

- Isso é grave, inspector. Como foi solto? Em que se basearam, para libertar o homem? Uma situação absurda!

- Infelizmente, é a realidade. Escaparam-se das nossas mãos, detective.

- Não esteja tão certa, pois o círculo deles está a ficar cerrado. E isso demonstra uma tentativa desesperada de nos parar.

- Estão a sentir-se ameaçados pelo chefe.

- Exatamente inspector.

- Alguém está a dar muito trabalho, para que a verdade não saia ao lado de cima.

Thena sentia-se tracionada  no desfecho da sua rude batalha com estes dois meliantes. Agora, com os meliantes à solta, a liberdade e a segurança da Thena estavam em perigo. O sentimento que a invadia, afinal, era um medo desconhecido. O que surgiria depois de tudo isso, é que tanto ela como o detective Williams estavam na mira do inimigo. Sentada no seu sofá, não parava de reflectir qual seria a etapa seguinte. O telefone toca e ganha pressa para atender:

- Tomei todas as medidas necessárias para a sua segurança, uma patrulha fará ronda no teu domicílio.

- Chefe, não se preocupe, porque eu estou pronta para o que der e vier.

- Temos preocupações suficientes. Então, faça o que digo.

- Sim, chefe!

- O objectivo, agora, é identificar os malfeitores, para eles nos mostrarem os culpados.

CAPÍTULO XI

# QUASE LÁ

Williams estava no ponto mais alto do seu stress, fazia anos que não se encontrava numa situação difícil de gerir; deitado na sua cama com as duas mãos atrás da nuca, pensava em como seriam os filhos de Rebeca. A única certeza que tinha era que as crianças não estavam mortas, porque algo tinha se passado. O nome de Rebeca não parava de entrar nos seus ouvidos, dava-lhe a sensação de que tudo valia a pena, nada mais importava. Williams levanta e ajoelha-se perante uma gaveta, fazia tempo que não abria na gaveta. Respira fundo e, como se de um ritual se tratasse, pega o lenço, que está embrulhado dentro de uma camisola de pijama, e diz em voz alta:

- Pai, sempre estiveste comigo! A tua presença espiritual deu-me forças para chegar até aqui; sei que estás ao lado da mãe e o nosso Deus protege-me com atribuição de forças. Em seguida, beija o lenço e volta a guardá-lo; de regresso à cama, a paz e a calma vieram na sua mente e sentiu-se em forma, pronto para enfrentar os seus inimigos.

- Quem são eles?

- O que eles escondem?

- Quem será o amante de Kathleen?

Desde o assassinato de Régis que a vila ficou dividida, todos tinham um suspeito. A necessidade de dar-se resolução começava a ser urgente, tinham de dar uma resposta à população. Então, apressadamente Thena entra na sala e diz:

- Chefe, não vai acreditar no que tenho para comunicar-lhe, em relação a Régis.

- Se o objectivo for manter-me curioso conseguiste querida inspectora.

- Sente-se, por favor!

- Diga, pois estamos a precisar de novos factos.

- Temos o resultado do teste de ADN do bebé.

- Sim! E, então, não vejo em que vai ajudar. Já Sabemos que o feto era filho de Régis e Marc

- Completamente enganado!

- Como enganado? O que me está a escapar?

- Não é filho de Marc, chefe!

- Não? A Régis tinha aventura extra conjugal?

- Soubemos, porque o resultado do ADN mostrou que nenhum dos dois era o pai.

- O quê? Não posso acreditar!

- Pode acreditar, chefe! Tenho em minhas mãos os testes. Não existe possibilidade nenhuma de eles serem progenitores deste bebé.

- Então, Régis era barriga de aluguer!

- É o mais provável, chefe.

- Cada vez mais interessante, inspectora!

Williams via-se na urgência de resolver este caso, o mais rápido possível. Os assassinos estão à solta e não recuaram sob nenhum pretexto, porque era necessário agir. Marc estava, como de hábito, com o seu semblante triste.  A vida tinha pregado-lhe uma grande partida: a sua querida esposa tinha partido e deixou-o só com a sua filha. Logo, era impossível não ter empatia por este homem.

- Desculpe-me aparecer assim na sua residência! Porque faz algum tempo desde que não temos contacto.

- Será possível termos uma pequena conversa?

- Com certeza! Estava de saída, mas não tenho pressa.

- Prometo não ser longo. Esta é a inspectora Thena.

Neste instante, Marc avança para a sala de estar, seguido pelo detective e a sua inspectora. A casa estava completamente mudada e não havia sinais de Régis nem coisa alguma que a lembrasse, muito menos da sua filha, algo que chamou atenção dos dois representantes da Lei. Tomaram o assento próximo da chaminé e uma coisa salta aos olhos do detective,  podia sentir o cheiro de tensão de Marc. Todas as vezes em que fixaram os objectos da casa, algo estava muito errado. As fotos, em cima da chaminé, tinham desaparecido e o vaso de flores que Marc tinha dito já não existia.

- Não vamos prolongar a nossa conversa, porque temos algo para comunicar-lhe. Como sabe, fez o teste de DNA.

Quando o detective se pronunciou, Marc levantou-se e em seguida, foi à cozinha para buscar um copo com água. A inspectora Thena perguntou se poderia usar a casa de banho e o Marc autorizou com um aceno de cabeça.

- Desculpe-me, inspector! Fico muito nervoso, quando penso no que se passou até os dias de hoje, pois me custa acreditar.

- Acredito que sim, porque não compreendo o porquê da sua ausência em busca da verdade.

- Tento não pensar, mas todos nós soubemos das suas capacidades. Por isso, tenho a certeza de que encontrará  o autor ou autora do crime.

- Como está a sua filha Inês?

- Está boa. Infelizmente, tive de tomar a difícil decisão de deixá-la com os avós maternos.

- O senhor sabia que o bebé que Régis esperava, na verdade, não era seu?

- Não era meu?  Que absurdo! De onde tirou essa ideia?

- Do teste de DNA.

- Mas disse que não tinha tempo para examinar o bebé?

- O Dr. Bruno conseguiu tirar uma amostra. Sabe? A tecnologia está a avançar muito.

- E quem é o pai?

- Não sabemos, mas devo dizer-lhe que a Régis também não é a sua mãe.

- Que loucura! Isso é um pesadelo!

-  O senhor não tem nada a dizer em relação a isso?

- Tudo o que está a dizer é uma grande surpresa, para mim.

- Se por acaso tiver se lembrado de algo, avise.

- Com certeza que sim. Acompanho-vos até à porta.

O Williams e a Thena não paravam de trocar olhares. Não acreditavam numa única palavra da história de Marc. Como em pouco tempo se desfez de todas as lembranças da sua esposa e sua filha?

- Inspectora, tenho de admitir que falhamos em relação ao Marc. Ele sabe mais do que faz crer.

- Será que descobriu que o filho não era seu e o matou?

- Não deixa de ser uma possibilidade a ser averiguada.

- Viu em que estado ficou ao saber do teste de DNA?

- Ficou descontrolado, chefe. Quando fui à casa de banho, tive tempo de dar uma olhada pelos quartos e não havia sinais de quarto de criança.

- Williams segura o queixo com a mão esquerda e com a direita passava nos seus cabelos.

- Hum! Isso está a parecer-me uma organização criminosa, porque o meu instinto não me engana.

Não era somente ele o visado aos valores morais e cívicos que defendiam, mas todos os ataques sofridos por ele, pela sua colega, pelos malfeitores não era um caso isolado. Kathleen, Mell e a sua tropa criaram um plano diabólico para Régis, a fim de eliminar todas as suspeitas.

Williams foi acordado esta manhã por um telefonema importante, foi convidado ao escritório do comissário.

Devo dizer-lhe que o chefe está um capricho. Há encontro com o comissário hoje?

- Não te posso ocultar nada.

- Será que se trata do caso de Régis?

- Não tenho a certeza, mas acredito que seja.

- Uma promoção talvez?

- Hum, nisso não acredito muito!

- Boa sorte! O comissário é uma pessoa sensata, por isso, eu não acredito que seja algo negativo.

- A ver vamos! Nada está conquistado antes de obtermos a confirmação.

Williams sentia-se um pouco perdido em relação ao caso de Régis, apesar de que as evidências se interligam mais à peça principal. A sala do comissário ficava no último andar, toda ela vasta, rodeada de móveis simples e requintada; mas o que mais chamava atenção, no fundo, era o facto de ser toda ela branca: móveis brancos, cortinas brancas; era muito impressionante. Willians aproxima-se da sala e vê o comissário de costas.

- Entre, por favor, detective, e sente-se!

- Devo admitir que já devia tê-lo chamado, aqui, há mais tempo.

- É sempre muito interessante estar aqui.

- Sei que tem andado muito ocupado.

- Não tem sido fácil, pois temos nos confrontado com algumas situações difíceis.

- Recebi as suas cartas e já foram encaminhadas, mas queria saber: está mesmo seguro das  suas convicções?

- A pura verdade, detective, é que as pessoas implicadas pertencem ao grupo político da cidade, o escolhido por votação popular. E não será uma tarefa fácil provar as suas suspeitas. É que têm de estar seguros e certos do que  fazem. As coisas já tinham ido muito longe, as evidências estavam aí, já não havia marcha atrás.

- Minha integridade estava em risco, já que mantinha as minhas acusações. Fui chantageado, quase a arruinar a minha reputação. E custe o que custar, eu estou pronta para levar esta investigação até ao fim, porque, se não agirmos, estes bandidos continuarão a cometer crimes, já que sabem que ficarão impunes.

- Após recebermos a sua carta, decidimos dar-lhe uma luz verde, para prosseguir o inquérito. Afinal, todos estes anos, em que trabalharam juntos, nunca falhou.

- Eu! Não acredito.

- Não confia em si?

- Com certeza, eu confio.

- Estou surpreso. Ora, dado que as pessoas envolvidas são

influentes, tentaram de tudo para afastar-me do caso, contudo prometo  não me deixar influenciar e agirei com precaução.

Enquanto a conversa decorria, Kathleen estava na sua casa e examinava o seu rosto, com admiração. Em face ao espelho do seu closet, esse era o seu melhor momento do dia – puder cuidar da sua beleza, do seu momento de paz onde ela se encontrava com ele e os seus pensamentos. Surpresa com o aparecimento de algumas rugas, apesar do uso excessivo de maquiagem, considerava-se horrível no espelho pelo facto da idade fazer-se presente. Em apenas alguns dias, Kathleen sentia-se envelhecer; os seus olhos fundos mostravam que algo estava a tirar-lhe o sono.

- Não suporto  mais este inspector! – diz Kathleen, enquanto cerrava os dentes, com toda a força.

O seu esposo não tinha a menor ideia de tudo o que estava a passar. Enquanto o vereador pensava em organizar as férias familiares, Kathleen não estava pronta para ausentar-se, pois seria cavar a sua própria tumba. Então, tinha muitas coisas para resolver. No orfanato, as coisas corriam à mil maravilhas; e, até ao momento, ela não se tinha dado conta de que ponto estava em perigo.

A relação entre Kathleen e Williams sempre foi amigável, mas o azar fez com que Williams investigasse algo que Kathleen tem enterrado há muitos anos: o risco de desenterrar este mesmo passado é iminente e a sua destruição seria total.

- Ele é um menos que nada! – Resmungava Kathleen, em tom baixinho.

A sua paz não demorou muito tempo, porque alguém estava a passar por um momento difícil, um grito agudo de dor fez ouvir-se e a sua filha estava inanimada.

O médico de família fez-se presente, em menos de cinco minutos, ao passo que Kathleen tinha os seus olhos plenos de lágrimas e assustada.

- O que se passa, doutor?

- Um mal estar, Kathleen.

O doutor controla a sua pulsação, ausculta os seus batimentos cardíacos; eles estão muito fracos e, por isso, era importante enviá-la às urgências, o mais rápido possível. A espera pelo diagnóstico era insuportável, pelo que o médico vinha em direção à Kathleen que, desesperada, aguardava o resultado das análises.

- Será que esse doutor não pode andar mais rápido?

Até ao momento, a sua filha nunca tinha tido graves problemas de saúde; ela sempre foi uma criança saudável;

- Kathleen, estamos a fazer todos os possíveis, para estabilizarmos a sua situação e o seu organismo está a reagir de forma positiva.

- A sua vida está em perigo, doutor?

- A princípio, nada indica.

A presença do vereador no hospital, trouxe algum conforto à Kathleen.

- Oh, meu amor, fica calma, que vai correr tudo bem! Vim assim que recebi a notícia.

- Tenho fé que nada irá acontecer com minha filha.

- O que será que terá acontecido?

- Estávamos todos em casa, quando ela começou a queixar-se de dores fortes; as coisas foram agravar-se sem nenhuma explicação.

- Doutor, boa tarde! Será que pode dizer-me como ela está?

- Desculpe-me! Quem é o senhor?

- Eu sou o pai.

- A sua filha tem uma infecção generalizada.

- É grave, doutor?

- Até agora, a paciente tem reagido bem aos medicamentos; fará mais alguns exames preliminares, para descartar algumas patologias; só depois, decidiremos, em conluio com os meus colegas, qual será  a medicação adequada; acreditamos que a   paciente sairá do estado comatoso dentro em breve e tomamos esta medida por não termos conhecimento do seu estado patológico.

- Obrigada, doutor! Salvaste a vida da minha filha.

- Por enquanto, ainda é muito delicado o seu caso, mas faz parte do meu trabalho salvar vidas.

- O que devemos fazer, doutor?

- Vou para casa tentar repousar um pouco. Até à próxima visita!

Uma semana mais tarde, a filha de Kathleen já estava recuperada e de regresso à casa. Foi recebida como uma verdadeira rainha e a sua mãe poderia concentrar-se aos seus desacatos com o detetive Williams.

Situada no centro de um quarteirão prestigioso composto por casas enormes, a casa tinha sido escolhida por Rebeca, para o seu encanto. Recém-restaurada, a casa tinha sido construída por um casal que não pode habitá-la, já que ela ficou inabitada por mais de dez anos, quando Rebeca estava encantada com o que ela representava, na esperança de que um dia os seus gémeos pudessem usufruir. A emoção de Rebeca era visível. A casa estava rodeada de um jardim, todo ele rodeado de plantas exóticas, com dois pisos; os quartos estavam situados no andar de cima e cada um deles inclui um closet; a sala de banho e uma varanda, as escadas eram de mármore. Rebeca fez questão da presença de Williams, para a inauguração da sua nova residência.

Que jardim magnífico!

- Uma verdadeira beleza, porque, assim que a vi, não resisti.

Ela estava em êxtase, enquanto presenciava as flores rosas que desabrocham à luz do sol.

- Se nós entrássemos?

- O que devo entender?

- O que queres dizer?

- Não te esqueças de que o convite foi  para conheceres a casa, mas não para ficares aqui fora e parado.

- Hum, parece sério!

O casal entrelaça-se o braço um do outro e marca o primeiro passo em direcção à sala principal; o resto da casa foi descoberto juntos; o quarto do casal era enorme e mobilado com uma grande janela com portas corrediças que dá em direcção à varanda, uma vista do jardim. Maravilhada com a vista, Rebeca olhava para Williams com os olhos brilhantes; a sua voz quase não se ouvia, Williams tinha as mão suadas e o seu coração batia a toda velocidade; o seu perfume colava no seu corpo; Williams pega Rebeca pela cintura, beijou-a, intensamente; por sua vez, ela suspira fundo, desabotoa a camisa de Williams, sem nenhum protesto deste; o casal, de corpo nu, entrega-se um ao outro, num momento mágico. Duas almas estavam em sintonia.

- Entregar-me a ti é um dos momentos mais doces. Serei tua para sempre.

- Olhar-te, ver a tua doçura, o teu cheiro e rendo-me, eternamente, minha querida Rebeca.

Quanto à Mell, o sentimento de agonia fazia-se presente no seu espírito, a sua paz e a sua serenidade estavam em perigo.

- Acho que não tem lugar para mim, aqui.

- Claro que sim,  Mell! O que estás a dizer? Tu és minha irmã mais nova.

- Kathleen,  é incrível como estás confiante!

- Como tu vês, Mell, sucede que até agora não tive  tempo de imaginar como vou organizar as coisas e decidir quais são os passos a seguir. Como fazer, evidentemente, que nunca passe  pelo meu pensamento que o inspector Williams estivesse envolvido no caso. Então, temos sempre uma saída: as notícias são encorajadoras e  nem tudo está perdido; o problema parece difícil de ser resolvido, pois se trata de uma questão de tempo, visto que eles não têm nada que comprove a nossa associação aos casos.

- Katleen, não tenho intenção de fugir do problema. Eu estou certa de  que haverá uma solução, não desejo sobrecarregar-me, porque, como sabes, tenho dificuldades em gerir o estresse.

- Minha querida, conheces-me; sabes, por isso, que sou uma pessoa muito  cautelosa – disse Kathleen à sua irmã, numa voz doce, com um tom revestido de sarcasmo.

As palavras de Kathleen caíram aos seus ouvidos como um calmante, pelo que  fizeram reviver todos os momentos em que estava em situações difíceis e a sua irmã mais velha veio a seu socorro, para  resolver tudo, felizmente, com sucesso.

- O detective Williams parece-me ter as ideias bem fixas na sua cabeça. Conhecendo-o,  pessoalmente, sei que não é um homem que abandona, facilmente, a sua intuição.

- Quem te ouve, minha querida Mell, imagina que se trata de um super herói.

- Tu é que não o conheces – sussurrou a Mell, com uma  voz baixa.

Se bem que Mell falava em voz baixa, Katleen sempre arranjava uma forma de ouvir e, quando eram adolescentes, isto era sempre o embrião de muitas brigas travadas com a sua irmã.

-   Meus Deus, Mell, que dizes?! É uma pena que, apesar de sermos irmãs do mesmo pai e da mesma mãe, sejamos tão diferentes!

-   Oh, Katleen, por favor! Não sou uma jovem modelo, já fiz muitas coisas terríveis; foi precisa muita coragem e algumas vezes falta de carácter para fazer tudo o que fiz. Portanto, não existe grande diferença entre mim e ti.

O tom de voz de Mell era da mais pura ironia e com muita serenidade. Ela conhecia, melhor do que ninguém, a sua irmã, sendo, muitas vezes, cúmplices dos seus comportamentos; para Mell, apesar de temer a sua irmã, também tinha conhecimento das suas fraquezas e sabia lidar, perfeitamente, com as suas diferenças de humor. Kathleen aproxima-se à porta corrida vidrada da sala principal que vai dar ao grande jardim da casa e, por um instante, para e lança um sorriso sincero à sua irmã. Por outro lado, Mell sente-se reconfortada e elanca de volta um sorriso de agradecimento.

-   Meus amados irmãos – Dizia o pároco, numa voz forte e firme, enquanto a igreja, repleta de fiéis, ouvia, com atenção e num silêncio sonante, "estamos, aqui hoje, para celebrarmos a missa em memória da nossa querida Régis, a partida de um ser querido; é um dos momentos mais difíceis que um ser humano pode suportar; ninguém está preparado para um tal acontecimento, sobretudo nas condições em que aconteceu." A voz do pároco era muito reconfortante, não havia uma alma presente que não sentiu a emoção das palavras. Deus é amor, ninguém vai ao nosso Deus sem fé, temos que acreditar nele, pois enviou o seu filho, para que todos aqueles que nele crêem, então, tenham a vida eterna, já que ninguém vai ao pai sem passar pelo filho. A partida da Régis foi uma faca no estômago dos habitantes de Wevelgem. Eu vou dirigir-me, directamente, à família da malograda, para dizer-lhe o seguinte: "Deus não dá uma dor maior do que aquilo que podes suportar."

- Sobre os entes que se fizeram presentes, a emoção era perceptível, porque o pároco tinha o dom da palavra e sabia, perfeitamente, como tocar no coração dos fiéis. Depois da missa, todos saíram confortados com o sermão do pároco, uns diziam entre si o quanto as palavras tinham sido consoladoras. Fora da presença do público, o pároco respira fundo, como se tivesse sido a missão mais difícil que já realizou. O seu estresse era enorme, mas o seu autocontrolo era maior ainda; nada ou ninguém presente imaginava o quanto foi difícil; Régis era assídua na sua igreja, conhecia todos os seus pecados e as suas virtudes. E uma semana antes de ser assassinada, Régis fez a sua última confissão; esse era o motivo que fazia com que o pároco estivesse com os nervos à flor da pele, porque sabia demais.

- Suponhamos que Kathleen seja culpada dos acontecimentos. Qual será a posição do seu esposo? Uma parte de mim diz que, provavelmente, ele esteja envolvido, outra dá-me todos os indícios de que não, as investigações tornam-se, cada vez mais, perigosas. Ao confiarem-me este inquérito, eles sabem a vantagem que eu terei até ao fim;  a qualquer momento, com certeza, os culpados serão descobertos.

- Eles conhecem a tua perspicácia.

- A atitude do comissário não me choca; ao contrário, já estava à espera; como fui eu  quem iniciou o inquérito, cabe a mim terminá-lo; caso contrário, será uma falha para mim. Sinto que tenho uma grande responsabilidade com a Régis.

- Já temos a certeza de que não será fácil, visto que as ameaças estão claras.

- Rebeca, não me sinto ameaçado, mas exposto, cada vez mais. Kathleen é uma mulher inteligente, prudente, decidida a não correr algum risco, enquanto usufrui de todos os seus privilégios.

- Eu sinto que o destino escolheu-nos; não tenho outra explicação, tu vais encontrar os culpados e essa ideia agrada-me.

- Esta casa é maravilhosa – diz Williams, enquanto acariciava os cabelos de Rebeca; não sei o que seria de mim sem ti, pois sentir-me-ia perdida nas minhas buscas.

- Não descobrir a verdade impedia-me de avançar. O comportamento de Kathleen é muito suspeito para mim, já que existem muitas inconsistências no seu comportamento, apesar  da sua calma, consigo sentir o seu estresse, através do seu odor; o seu mutismo é passageiro, logo, teremos notícias dela dentro em breve.

- Tu não estás sozinho, veja que os inimigos estão presentes e há um perigo iminente. Farei tudo para, juntos, descobrirmos a verdade.

Williams encontra-se numa situação de estresse constante. Já se tinha passado um mês desde a morte de Régis e tudo o que tinha, no fundo, eram somente suposições. Na semana seguinte, por exemplo, dedicou-se a juntar todos os arquivos do orfanato, inventários, actos de nascimento, todos os correios, dos mais recentes aos mais antigos e lista de todos os trabalhadores. Os salários também foram alvo de investigação e a ausência de alguns trabalhadores chamou a atenção de Williams.

- Como está? Eu sou o detective Williams. E a senhora está em licença médica há mais de três anos. Por isso, gostaria de lhe fazer algumas perguntas.

- Com certeza, esteja à vontade!

- Quando retoma ao trabalho?

- Infelizmente, o orfanato não é meu lugar.

- Pelo que constatei, os seus colegas têm muita admiração por si.

- Tenho acompanhado o seu trabalho e espero que encontre a verdade. Do meu lado, só para dizer, estou focado na minha saúde mental.

- A sua decisão é definitiva?

- O senhor está numa guerra com pessoas muito poderosas. Então, prefiro abandonar, antes que seja tarde. Começava, aí, uma pista clara dos factos relacionada à Kathleen.

O vereador e a sua esposa estavam vestidos a rigor; a sua filha vestida com tecidos finos de cetim, sentada ao lado direito da sua mãe; o seu irmão gémeo vestido de uma calça preta e camisa branca imaculada. A classe e o requinte faziam parte da família. Assim que Rebeca entra na sala de estar, ela repara que toda a família de Kathleen se fazia presente e sentada próxima à chaminé. A primeira impressão era de uma família unida, que estava a passar um momento agradável. Kathleen explicava como era tratada pelos bebés do orfanato, como eles sentiam a sua ausência e o amor que tinha por eles. O seu esposo relatava o grande desafio que foi a sua última viagem. Foi nesta atmosfera de requinte e harmonia que Rebeca se fez anunciar. Rebeca, até ao presente, nunca teve a oportunidade de estar com o vereador devido à dinâmica da sua vida. As suas ausências em casa eram constantes, contrariamente à Kathleen, que estava sempre disponível.

- Considero-me um homem de muita sorte! Tanto a nível político, como pessoal tenho uma família maravilhosa e Kathleen tem sido o meu maior apoio.

Para o vereador, a sua ascensão política foi muito rápida e sem muitos obstáculos durante o seu percurso. Homem com sentido de dever em relação aos outros, considerado por todos pelas suas qualidades e grande inteligência. Desde a sua tenra idade, o vereador já se destacava em relação aos seus colegas de classe.

- Kathleen – diz o vereador com a voz trémula – sei que não tem sido fácil as minhas viagens constantes. Obrigado por estar a cuidar sozinha dos nossos filhos!

- Oh, meu amor, não digas uma coisa dessas! Aliás, não te sintas culpado, uma vez que jamais desejaria que as coisas fossem diferentes. A minha vida é um verdadeiro conto de fadas, eu fiz a escolha certa, quando me casei contigo.

- Mamá, papá, temos visita!

- Minha irmã tem razão, desde a chegada de Rebeca, ela ainda não teve a oportunidade de dizer uma única palavra.

- Oh, querida! Peço as suas desculpas pela falta de educação.

Receba, vestida de rosa pálida, os seus cabelos estavam apanhados, presos por um pequeno laço. Ela Estava demasiadamente elegante

- Não se preocupe, querida! Fico feliz por ter sido convidada para estar na sua casa. Já frequentei tantas casas e digo-lhe que não são muitas nas quais se encontra tamanha cumplicidade. Estamos a viver momentos difíceis, muitas famílias estão destruídas devido a inúmeros factores. É assim que, para mim, é uma alegria poder presenciar momentos tão felizes.

- Katleen desculpa-se por uns minutos e ausenta-se, como boa anfitriã, para dar as últimas indicações em relação ao jantar oferecido à Rebeca. Como boa dona de casa, escolheu ela mesma o menu e os vinhos que seriam acompanhados ao jantar; os serviços de prato estavam prontos, as flores tinham sido colhidas no dia, no jardim da casa. Kathleen fazia questão de o jantar ser inesquecível para Rebeca. A chegada de Mell foi a grande surpresa, para a convidada da noite.

- Peço-lhe as suas desculpas pelo atraso! Foi porque tive um pequeno imprevisto.

- Ah, deixa de ser boba! Todos nós sabemos que nunca foste de cumprir horários, talvez a surpresa seja para Rebeca.

- Suponho que tenhamos de nos resignar a isso – disse o vereador, numa voz cheia de subentendidos.

Mell entrou num momento de sorriso ligeiro e divertido, coisa de uma personalidade alegre e um sorriso inesquecível. Por isso, era difícil não sucumbir ao seu charme.

Kathleen estava impaciente, depois do atraso da sua irmã. É que, para ela, o jantar já não estava correndo como previsto, visto que a ausência do último convidado fazia-se sentir.

- Este atraso deixa-me exasperada.

- Não te preocupes, porque o pároco deve ter sido retido por algum fiel!

- Logo hoje? Os convidados devem estar impacientes, é o momento de começar a servir.

- As tuas preces foram ouvidas.

- Enfim, finalmente, chegou!

- Estendo-lhe a minha solicitação de desculpas.

O pároco não tinha como explicar que antes passou pela casa de um amigo seu e que a mulher do amigo era uma cozinheira de mãos cheias, conhecida pelos seus dotes culinários, então, o pároco não resistiu a sua famosa tarte de morangos.

- Sou muito grato pelo convite. Sempre foi uma honra, para mim, estar presente nos seus jantares. – Disse o pároco, agradecido – Lembro-me da primeira vez em que cruzamos no meu confessionário, sem saber que tempo depois realizar-se-ia a vossa cerimónia de casamento. Hoje, estou presente, aqui, sentado à vossa mesa e apreciar esta deliciosa refeição.

- O senhor é e será sempre bem-vindo à nossa casa.

- Confirmo os ditos da minha esposa.

- Eu confesso que tenho ouvido falar muito de si e de todas as obras caritativas que tem feito.

- Gostaria de ajudá-lo naquilo que for necessário. Sei que tem ajudado às mães  solteiras que padecem.

- A sociedade moderna tem exigido muito das famílias. Mas, muitas vezes, certos casais têm dificuldades de subsidiar, o que causa rupturas. As crianças são as que mais sofrem e nós tentamos, através das nossas benevolências, criar condições, para que elas possam dar um rumo digno às suas vidas.

- Eu mesma já organizei campanha de recolha de donativos para as mesmas.

\- Kathleen, tu tens um coração de ouro, minha querida. Por isso, sou um homem sortudo.

\- O casamento é sagrado  e revela grandes desafios. E quando se descobre qual é  o seu papel na relação, tudo parece perfeito. Não acham, minhas senhoras? – Disse o pároco.

\- Já estive noiva e casei-me, mas temos de olhar as coisas de frente; será que a mulher, para ser feliz, tem de ser casada e ter filhos?

\- Mell, tu sabes bem que, a partir de uma certa idade, a mulher é obrigada a fundar uma família.

\- Kathleen, – exclamou Mell, com indignação no seu olhar; – não diga uma coisa dessas!

\- Não é verdade, senhor padre? – Questiona Kathleen, com uma voz doce.

\- Pobre Kathleen! Ela faz tanto esforço  para que eu possa encontrar o homem perfeito, mas começo a imaginar se o que ela quer, no fundo, não é livrar-se de mim, mesmo sabendo que o homem que desejo não me quer.

\- O que dizes, irmã? A felicidade que desejo para mim é a mesma que desejo para ti. Perdem-se os anéis, mas ficam os dedos, querida.

\- Eu diria que não é, porque morreu uma andorinha que acaba a primavera e tive uma experiência terrível na minha vida, que durante muitos anos me impediu de avançar. Ou seja, encontrei, no meu caminho, pessoas que me levantaram, pelo que estou grata, até hoje. E em relação ao amor, foi algo que recusei durante anos, mas hoje me encontro, novamente, apaixonada e disposta a tudo, para tê-lo ao meu lado.

A sinceridade de Mell caiu aos ouvidos dos presentes, como uma chamada de atenção, já que algo estava direccionado e ninguém sabia o porquê; fez-se um silêncio geral na sala, como se algo de muito forte saísse das palavras de Mell.

- Pois bem! Levantemos os nossos copos, para brindarmos essa noite maravilhosa!

- Os seus filhos são um encanto nesta idade. Eles sentem-se donos do mundo, exactamente, aos quinze anos de idade?

- Obrigado, Rebeca! Eles são os nossos quinze anos feitos há dois meses e já nos conhecemos há algum tempo. Desde já, se me permite a pergunta, tem filhos?

- Não! Contudo, admiro os gémeos e gostaria de algum dia tê-los. Aliás, o meu maior sonho sempre foi ser mãe; dizem que a gravidez é todo um processo.

- Como esposo da Kathleen, eu pergunto: achei que fosse das mais agradáveis possíveis. Será que não teve grandes constrangimentos, querida?

- Foi muito tranquilo, graças a Deus.

- Minha maior pena foi não ter estado presente.

- Oh, querido, já se passaram tantos anos! Mas o mais importante foi tudo o que vivemos com eles.

- Com certeza!

- Bem, vamos terminar com a conversa dos filhos, pois receio que, depois, caia sobre mim! Eu conheço a minha irmã Kathleen.

- Não gostarias de ter filhos? Eu adoraria ter sobrinhos.

- Pois, como disse, sobrou para mim!

A Sala rendeu-se ao sorriso encantador de Mell, que não passava por sua cabeça que estava bem na frente da mais nova conquista do seu querido e amado Williams, pois jamais suspeitou que para Rebeca aquela noite foi de uma grande vitória. Rebeca comportou-se à mil maravilhas, pelo que nunca deixou transparecer o motivo real da sua visita; de sublinhar que foi ela quem incitou para que o jantar se realizasse sem que Kathleen tivesse noção da sua eficácia e tornou-se numa verdadeira atriz, sem que alguém se apercebesse. O vereador e a sua esposa tomam o assento à mesa, seguidos pelo resto dos convidados; o jantar estava divino e os vinhos escolhidos com precisão, as conversas foram das fúteis às controversas. O dia fazia-se tarde, o pároco foi o primeiro a deixar a residência, seguido de Rebeca.

O outro dia começou mais cedo. Para Williams, que absorve o seu pequeno almoço em alguns segundos, os dias passavam, e era urgente encontrar respostas; senta à mesa do seu escritório, face à vista de todos os testemunhos, porque era preciso identificar quem dizia a verdade e quem mentia, para poder descartar-se o acessório e concentrar-se nas evidências. A visita de Robert estava a tornar-se constante na vida de Williams; desta vez, e por motivo crucial, isto é, era chegada a hora de passar pelo seu julgamento devido à antiga acusação de violação da sua enteada. A sua vida e reputação estavam em jogo.

- Não compreendo em que poderei ser útil, Robert.

- Ao contrário detective, desde que fui acusado, estava em liberdade condicional e resolveram levar-me ao tribunal, porque, julgam eles, preciso provar a minha inocência. Mas não aceito ser culpado por algo que não fiz; perdi tudo o que eu tinha, foi muito difícil; as coisas mudaram bastante, mas preciso de retomar à minha dignidade, para ser livre; eu não sou nenhum pedófilo, pelo que não aceito ser catalogado como tal.

- Compreendo, perfeitamente! Continuo a não perceber o que deseja de mim.

- Preciso que encontre a minha enteada, pois desde as acusações que ela se encontra desaparecida.

- Então, quer que eu a encontre?

- A minha única esperança é que ela caia em si e diga, finalmente, a verdade. Já fiz várias diligências em busca de ajuda, mas foram em vão. Agora, o detective é a minha única esperança.

- Verei como ajudar.

- Por favor, detective! Eu estou entre a espada e a parede e vejo que o tempo não está a meu favor.

Williams tinha uma dívida com Robert, no tempo em que passaram juntos, teve a oportunidade de analisar que talvez tenha sido uma vítima. Desta vez, abriu uma excepção e decidiu consagrar uma semana ao caso de Robert que apresentava muito mal. Não havia sinal da jovem. Aborrecido contra ele mesmo, Williams quase abandonou o caso; foi quando algo despertou a sua atenção, passou pelo momento de dúvidas, enquanto relia o processo e descobriu que a enteada de Robert tinha passado por vários internamentos hospitalares, dentre eles um em estado de gestação.

Robert, em relação às gestações da sua enteada, o que me diz?

- Não tenho conhecimento, porque já faz tempo que não tenho notícias dela.

- Não há registros em hospital algum sobre o seu nascimento.

- Eu fui usado, humilhado, julgado sem julgamento!

- Eu acredito, sinceramente, na tua inocência.

- Não tive oportunidade de provar a minha inocência; a justiça devia ser para todos. Como acreditar, se eu não tive como contar? Ninguém me ouviu.

- Realmente, as circunstâncias não foram a seu favor; tudo indicava a sua culpabilidade e ela era uma menor, por isso, não tinha como não acreditar; todo o mundo testemunhou contra si, mas não está tudo perdido; acredite!

- Não deixe este caso morrer, não permita que essa injustiça seja feita!

- Eu sou um homem justo, que trabalha para que casos como o seu não manchem o nome do nosso sistema judiciário.

A ex-esposa de Robert estava convicta da culpabilidade do ex-marido e não passava pela sua mente que a sua amada filha fosse a causadora de tanta tristeza. A presença de Williams foi como um choque para ela, porquanto jamais passou pelos seus pensamentos que Robert enviasse alguém em seu nome.

- Já faz algum tempo que desejo falar consigo.

- Comigo? O que deseja, exactamente? Não vejo em que poderei ser útil. Foi Robert quem fez com que eu perdesse a minha filha.

- O propósito que me traz aqui, então, tem que ver com a sua filha; é imperativo que eu me encontre com ela.

A ex-mulher de Robert sabia, perfeitamente, onde o detective queria chegar; para ela, este era um assunto que tinha sido doloroso.


A sua incompreensão deu lugar a uma expressão apreensiva e deixou-o cair, desesperada, no sofá, pelo que teria de reviver os seus momentos mais difíceis; explicar, para ela, significa reviver o que mais a fez sofrer em apenas circunstâncias diferentes.

- Estou consciente de que se prepara para uma grande batalha judicial. Seja qual for o resultado, mantenho minha lealdade à minha filha.

- Na realidade, nada está perdido e, se me permitir falar com a sua filha, poderemos evitar mais danos.

- O que quer dizer com isso?

- Lamento ter de dizer-lhe isso, mas tenho em crer que a sua filha foi autora de toda esta farsa e vou provar tudo o que digo.

A indignação e o nervosismo da ex-esposa de Robert eram visíveis. Por momentos, houve um flashback, tudo o que tinha visto, como testemunha indirecta, veio à tona, com lágrimas que escorriam na sua face. Após o discurso de Williams, percebeu que talvez tivesse cometido o maior erro da sua vida.

Que horror! Como posso ter permitido isso? Incapaz de encontrar consolo e resposta, a ex-esposa de Robert sai da sala e corre, uma situação que deixa o detective à sua sorte.

Kathleen e Dr. Alberto encontravam-se, discretamente, no parque de Wevelgem, longe da indiscrição de todos; a sua irmã Mell chegou logo a seguir, seguros de que nada se saberia do que estava a tratar-se no momento. Kathleen não parava de acariciar os seus cabelos e Alberto massageava a sua barba, o que denunciava a preocupação de ambos.

Algo está a escapar-nos, porque estamos indo direito a um échec. – Disse Alberto, com uma voz tensa.

- Nós estamos conscientes de que a jovem teria de estar o mais distante daqui.

- Acredito que tudo não passará de uma questão de horas, até que irão encontrá- la.

- Encontrei-me numa situação de incapacidade em mantê-la no refúgio que tinha prometido, que ela nunca haveria de querer os bebés, ou procurá-los. Vamos, admite que foi um erro! Agora que Williams sabe onde se encontra, torna-se mais difícil.

- Nada esta perdido.

- Ao contrário de Mell, acho que devíamos abortar o projecto.

- Impensável! Os pagamentos já foram feitos e o Dr. sabe muito bem o que  isso quer dizer.

- Kathleen, estás consciente de que o detective Williams foi autorizado a prosseguir esta investigação até ao fim? Que se ele chegar, até a jovem vai interessar-se pelo paradeiro dos bebés?

- Confio nela,  não dirá nada.

- Não tenho tanta certeza como tu.

- Ela encontra-se numa situação delicada; e caso nos denuncie, também sofrerá  consequências.

Já dentro do carro, Kathleen suspira e  agita-se, este encontro  não foi tão tranquilo, como queria que fosse; ao contrário, pela primeira vez, as dúvidas começaram a surgir; tira os seus óculos escuros  da bolsa, mãos ao volante, engata a primeira, vira-se à sua irmã, que estava ao seu lado, a sua expressão dizia tudo e parte em direcção à cidade. Alberto, por seu lado, senta-se ao volante e pon-he-se a fazer alguns telefonemas.

- Todo o tipo de precipitação neste momento é desnecessária; a minha inquietação aumentou; desde que este detective tomou o inquérito, tudo ficou mais complicado e estamos com pouco espaço de manobra – Disse a voz do outro lado da linha.

- É importante manter a calma. Tu és uma peça crucial para o desenvolvimento do projecto, ou para Williams, que não tem como chegar até a ti; tens de te manter sempre na sombra e deixar-nos agir.

- Não tenho tanta certeza, porque ele é um homem muito inteligente.

- Somos aliados e temos de contar uns com os outros. Então, Willians será derrotado.

Portanto, a visita de Williams à casa  da ex-esposa de Robert não terá sido de todo em vão; foi recebido com uma agradável surpresa ao chegar à sua casa; ele constata a silhueta de uma jovem mulher sentada no seu escritório; o seu  perfume era inesquecível, a sua escultura angelical preenchia  a mente, quando não estava ao seu lado.

Que agradável surpresa Rebeca,! Eu não esperava ter-te, aqui e hoje.

Espero não te decepcionar!

- Com certeza que  não! A tua voz é como  música para os meus ouvidos e a tua presença, como a luz de que preciso, para iluminar os meus dias.

- Não conhecia este teu lado poético, querido.

- Não viste tudo, meu amor? É o efeito  do que tu me fazes!

# CAPÍTULO XII
## A IGREJA NÃO ESTÁ POR FORA

Quando Williams pensava que as pistas tinham acabado, a paz deste dia foi interrompida por um telefonema anónimo.

- De quem se trata, Williams?

- Infelizmente, a pessoa não se identificou.

- Tenho de deixar-te, minha querida, porque se trata de algo urgente.

A cena que se encontrava à face de Williams foi das mais tristes e assustadoras; uma jovem encontrada inconsciente, na parte traseira da igreja; eram vinte e três horas, quando Williams recebeu um telefonema anónimo. Sem perda de tempo, Williams, já no local dos serviços de socorro, fazia os possíveis para trazer à vida a jovem que se encontrava em paragem cardiorrespiratória. Depois de estabilizada, foi transferida ao hospital mais próximo e Williams fez questão de a acompanhar, pois o telefonema que recebeu parecia-lhe suspeito. Quando achava que a sua presença era necessária naquele momento, por que motivo ele não sabia, era isso que ele tinha intenção de descobrir. O primeiro passo seria saber de quem se tratava e o que fazia àquela hora, por trás da igreja. Uma das possibilidades era que tudo indicava uma tentativa de suicidio, mas por quê? Williams estava com uma pulga atrás das orelhas.

Tchissole, durante uma meia hora, sentia-se uma verdadeira agonia; ela não compreendia porque se encontrava numa cama de um hospital; a sua mente estava confusa, o seu coração batia à grande velocidade e foi preciso mais de dez minutos, de grande agitação  fervente na sua memória, para relembrar o que se tinha passado, antes  de parar num hospital.

Tranquilizada pela equipa, a jovem retoma aos seus espíritos e, finalmente, com um suspiro de alívio, a sua voz recompunha-se. Williams, ao observar todo aquele momento, sente-se confiante, porque já iria saber o que, realmente, aconteceu.

- Não tenho intenção  de fazer o papel de acusador; apenas estou, aqui, para  saber o que se passou naquela noite.

- O senhor quem é?

- Peço-lhe desculpas, sou o detective Williams. Fui chamado, na noite do incidente; a propósito, o serviço de emergência foi chamado por mim.

- Então, é ao senhor a quem eu devo a minha vida?

- A sua vida deve-se a quem fez a chamada anónima e aos serviços de emergência, incluindo toda a equipa médica; eu, simplesmente,  chamei os socorros.

- Muito obrigado! Se não fosse o senhor, talvez eu não estivesse mais aqui.

- **É o dever de qualquer indivíduo e eu sou um homem da lei. Por isso, tornou-se na minha obrigação,** a partir do momento em que me encontrei no local do incidente.

- O que o traz, aqui, detective?

Como deve imaginar, gostaria que me explicasse o que, realmente, aconteceu, porque tenho, aqui, os seus exames sanguíneos e algo está errado: o seu organismo apresenta uma dose muito elevada de substâncias derivadas do metal; o que tem a dizer sobre isso?

- Não faço ideia de como eu ingeri isso.

- Todos os indícios apontam para uma tentativa de homicídio.

- Homicídio! Contra mim? Não acredito no que me está a dizer.

- Teve muita sorte, pois, se não fosse socorrida a tempo, já estaria morta. Preciso de todas as informações necessárias.

Williams aproxima-se do leito de Tchissole, tira a sua agenda de apontamentos, a esferográfica à mão e começa a escrever tudo o que Tchissole tinha como informação que permitiria esclarecer o que a levou quase à beira da morte, enquanto Williams tomava os apontamentos. O seu telefone toca.

- Com certeza, inspectora, estou a caminho, imediatamente.

- Peço-lhe as suas desculpas, pois tenho de retardar este depoimento e entrarei em contacto consigo o mais breve possível.

- Ok., detective, não tenho previsão de sair tão cedo.

Tchissole não tinha acabado de falar, o detective já se encontrava distante.

- O corpo está aqui, detective! Trata- se do pároco!

- Quem encontrou o corpo?

-   Foi a mulher que fez a limpeza da igreja e responsável pela alimentação do pároco.

O corpo do pároco estava deitado de cabeça para baixo, próximo ao altar; o braço direito estava para cima e dobrado, como se fizesse um v; o braço esquerdo estava todo ele para baixo; as pernas estavam esticadas; o pároco estava nu, descalço e parecia que ou estava já dormir, ou se preparava para dormir; era evidente que o pároco estava morto, estava tudo muito limpo, não havia sinal de luta ou algo que pudesse indicar um roubo. Williams examinou, atentamente, e nota uma mancha no pescoço do pároco, com ausência de sangue. Williams tinha esperança de que se tratava de uma morte natural, a mancha mudava, completamente, a sua opinião.

A história do pároco era um pouco peculiar; ao contrário de muitos que dedicam a vida ao celibato religioso, o pároco tinha uma história, completamente, diferente; aos seis anos de idade, ele esteve muito doente, uma doença que foi descoberta no seu primeiro ano de vida; os seus pais, comerciantes conhecidos por todos, criaram todas as condições para que o seu filho pudesse ter uma infância normal; não havia nenhum médico renomado na cidade que nunca tivesse sido consultado pelos seus pais. Durante meses, a criança, que cresceu debilitada, começou a marcar os primeiros passos; aos três anos de idade, para muitos era tardio, mas, para os seus pais, eram passos de vitória, com seis anos e três meses; o seu estado agravou-se, levando-o aos cuidados intensivos durante longos meses. Para os seus pais, que nunca perderam a esperança de que o seu filho pudesse estar curado, um dia sempre foram contra a opinião dos médicos, que davam ao pároco apenas mais uns poucos anos de vida. A doença dele fez com que a sua mãe se aproximasse de Deus, fervorosamente.

Era um sábado pela manhã, o seu pai tomava o pequeno almoço, para logo ir ao trabalho; a sua esposa aparece aos gritos com o seu filho nos braços.

- Chama o médico, chama o médico, porque ele não respira!

A situação era gravíssima, o pequeno estava em paragem respiratória, sem sinais de vida; a chegada do médico veio a confirmar aquilo pelo que mais temiam.

- Infelizmente, não há mais nada a fazer. O seu filho está morto.

O desespero estava presente: gritos; o seu pai batia com os punhos na parede, mas a sua mãe foi para o quarto, onde se encontrava com o seu filho e rogou a Deus  com toda a sua força, com a sua cabeça em cima do peito do seu filho; as suas lágrimas escorriam a molhar a t-shirt do defunto; neste preciso momento, ela decidiu fazer uma promessa a Deus: se o seu filho vivesse, faria de tudo e toda a sua vida seria dedicada a Deus.

A sua mãe preparava-se para deixar o quarto, quando sentiu um gesto do seu filho.

- Doutor, doutor, por favor!

- O que se passa?

- Ele está vivo!

- Não é possível! Eu mesmo certifiquei-me de que não havia mais sinais vitais.

- Então, só pode ter sido um milagre! Deus ouviu as minhas orações.

O pequeno foi levado às pressas para o hospital; semanas depois, fora dos cuidados intensivos, a sua história foi divulgada pelo país inteiro, como um milagre; ninguém podia explicar o sucedido, a sua mãe tornou-se numa beata fervente; o futuro pároco, à medida que foi crescendo, foi-lhe incumbida a ideia de que ele seria um milagre e que a sua vida seria, completamente, dedicada a Deus. Aos dezenove anos de idade, a sua vida dá uma volta de trezentos e sessenta graus, enquanto preparava a sua vida, para o celibato.

Era o princípio da primavera, o  futuro pároco teve autorização de participar de uma festa, pela primeira e ultima vez; ele sabia que era muito jovem  e com uma  grande missão; a sua infância sempre foi dedicada a Deus, participar de festas que não eram do seu desejo, logo, estava muito longe dos seus objetivos; a festa seria a despedida de tudo o que pertencia a este mundo;  a sua falta de interesse era tão grande que sequer se preocupou com a sua vestimentaria, que logo ficou a cargo da sua mãe.

- Mãe, não quero ser obrigado a dançar.

- Não te preocupes, meu filho! Porque tudo foi programado, até aos últimos detalhes.

Para a circunstância, a sua mãe chamou o motorista que já se fazia acompanhar  da sua prima; aos olhos  da sua mãe,  a única mulher que poderia aproximar-se do seu filho seria a sua única sobrinha, a rainha da beleza aos quinze anos. Evi ganhava os concursos em unanimidade, a sua beleza era incontestável e todos os títulos lhe eram merecidos. Para os  pais de Evi, essa era a ocasião para que ela pudesse, finalmente, encontrar o seu futuro marido. Todos os jovens de famílias importantes estariam presentes. O futuro pároco só tinha autorização para dançar com a sua prima que, ao mesmo tempo, tinha de, como missão, encontrar o seu futuro marido; para a sua tristeza, os seus pais já tinham a lista dos futuros candidatos; seria fora de questão dançar com qualquer um; os seus pais teriam tomado todas as medidas para que  o melhor partido estivesse autorizado a convidá- la para dançar.

- Que tempo maravilhoso! – Disse ela.

O caminho de casa até ao baile estava muito prazeroso; a estrada estava tranquila, brotam novas folhas nas árvores; pelos campos, o verde chamava atenção de todos; abrem-se as flores com as mais diversas cores e deixa-se um clima propício para o romantismo. À medida que o carro avançava, as belas paisagens desfilavam umas atrás das outras.

- Vai ser uma noite inesquecível – diz o futuro pároco.

- É a primeira vez em que vais a um baile, primo?

Primeiro e último; depois disso, entrego-me ao celibato.

- Admiro muito  a tua história; a minha mãe sempre faz questão  de lembrar-me para  que eu não perca a minha fé, sempre que tenho uma preocupação.

- Penso em como tudo é possível, quando se tem a fé.

- Desde pequeno, sempre acreditei que tinha uma missão, aqui na terra, e pretendo seguir buscando o meu caminho.

- Como te sentes em relação a tudo isso?

- O que achas, querida prima? Conheces-me desde a minha tenra idade; acredito que deves ter uma ideia de como me sinto!

- Não diga isso, primo! Já houve vários casos em que desistem  do celibato, depois de toda a vida dedicada a Deus.

- Não estamos, aqui,  para julgar ninguém, mas todos têm as suas razões; talvez não fossem as suas verdadeiras vocações.

- Eu, pessoalmente, desejaria ser médica pediatra; mas, infelizmente como mulher, não tenho muita escolha; vivemos numa sociedade em que as mulheres, para serem bem vistas, têm de casar e a minha família faz questão de que se realize.

- Prima, tudo é possível. Acredite!

- Não, primo! Seria desonrar a minha família. O que eu menos queria, neste momento, é perder o amor e respeito dos meus pais.

- Pensa bem, prima! Preferias ser esposa de alguém que não amas, ou ser honesta contigo mesma e ser o que tu sempre desejaste? Atenção, que não quero que respondas, mas que seja uma reflexão! E tu és uma jovem muito linda; seria um desperdício estragar a tua vida.

- Ah, as palavras do futuro pároco soaram como se ele tivesse entrado na sua mente e provocado algo que não tinha sentido antes, como se algo estivesse aquecendo à sua face!

O futuro pároco era um homem com um comportamento solstício, algo que encantava a vida; pela primeira vez, o seu olhar, em relação ao seu primo, tinha mudado, a sua inteligência e a sua bela presença começaram a mexer com ela.

- Admito que não é assim tão grave, quando estamos preparados para isso; pode-se reverter um dia, a sociedade está em plena evolução, um dia chegará em que as mulheres terão os mesmos direitos que os homens.

- Efectivamente, não é o mais grave!

- Para ti, o que será mais grave que isso?

- Não ser feliz, primo!

- Minha mãe deseja que eu me case o mais rápido possível e tu que entres no convento.

- Todos os pais desejam o que é melhor para os seus filhos e a maior parte das vezes se revêem nestes projectos, como seus; eu, pessoalmente, sempre quis dedicar-me a Deus e farei tudo para que se realize.

- Primo, tu achas que é a melhor decisão? Podes dedicar-te a Deus sem ter de seguir o celibato, por exemplo, ser pastor; existem, pelo mundo afora, muitos missionários dignos através do quais se tem feito grandes obras humanitárias em nome de Deus.

- Provavelmente, não compreendes o que sinto; toda a minha vida tem sido dedicada a Deus, não sei fazer outra coisa; foi uma decisão comedida, nada foi feito por azar; os meus pais tiveram, sim, uma parte de responsabilidade, mas a decisão final foi toda minha, acredite!

- Pessoalmente, seria  prudente refletir!

- Não é um caminho sem volta.

- Ah, com certeza!

De repente, os primos  reduzem-se a um silêncio do qual não se dão por conta. Durante o baile, para Evi e o futuro pároco, as suas mentes estavam mergulhadas numa imensa confusão; para o futuro pároco, a sua prima tinha-lhe feito  algo muito estranho, jamais teria sentido algo assim. De repente, todos os seus desejos teriam mudado; estar com Evi era a única coisa que queria; para Evi, uma jovem mulher estava certa de que o seu primo tinha despertado um sentimento muito forte.

- Meu Deus! O que está a acontecer comigo? Estou apaixonada pelo meu primo!

Murmurava, enquanto apreciava o futuro pároco que conversava com um antigo conhecido  do outro lado da sala. Para  o futuro pároco, foi como se fosse uma revelação, quase como se fosse ver o sol a brilhar pela primeira vez, um sentimento de nascer de novo. Sentia-se no sétimo céu, os dois levantaram-se no mesmo impulso e cruzaram-se no olhar com um ar de que algo teria de se fazer ou a dizer; o silêncio, para os dois, era assombroso; para eles,  era como se só existissem os dois e a  música tocava  no fundo  não se fazia sentir até ao momento em que se encontram face a face. Então, o futuro pároco segura nas suas mãos e faz um gesto;  os dois partem da festa de mãos dadas, sem dar nenhuma satisfação, e as palavras dele eram lugares aos gestos.

Em seguida, os dois entregaram-se um ao outro; ele foi seu e ela sua; duas almas estavam  em  perfeita sintonia.

- Minha querida Evi, o meu corpo está em êxtase e jamais imaginei sentir algo parecido.

- Foi lindo e seria capaz de repetir quantas vezes fossem necessárias.

- Espero não te ter causado nenhum mal, meu amor.

- Não digas isso, pois foi como um sonho; dói-me a alma só de imaginar que será a primeira e a última vez em que viveremos algo parecido.

Estas palavras soaram como uma bomba para o futuro pároco; nada estava destinado a algo assim; tinha infringido tudo aquilo que, até ao momento, se tinha permitido; a realidade estava aí e, depois do prazer, era preciso enfrentar as consequências; ela era a sua prima e ele destinado a uma vida de celibato, uma promessa de toda a sua vida.

O futuro pároco levanta-se, enquanto vestia as suas roupas.

- Por que te levantas,  meu amor? – perguntou a Evi, com uma voz dócil.

- Sinto-me feliz e, ao mesmo tempo, triste; sou uma  pessoa que acredita que nada vem por acaso, por isso, não podemos ignorar o facto de que estamos numa  posição complicada; na nossa primeira experiência amorosa, conhecemos pouco o amor; a frase de que será a nossa última noite, na verdade, mexe comigo. Não consigo imaginar viver sem o teu  amor.

- Como disse, nada é por acaso; então, temos a vida toda para nos amarmos e será que não vale a pena lutarmos a favor do nosso amor?

- Ambos somos iniciantes e a vida não é um  mar de rosas; com ela surgem acompanhados os espinhos, minha querida.

- Não será fácil, porque as nossas vidas, infelizmente, estão programadas; eu tenho de, por obrigação, casar-me o mais rápido possível e a tua missão é religiosa.

- Estou disposta a casar-me contigo, hoje mesmo, se possível.

- Não diga uma coisa dessas – Respondeu Evi, enquanto abraçava o seu  amor.

- Por que? Não te casarias comigo?

- Claro que sim! Com o sim vinham as chuvas de beijos, que foram correspondidas pelo futuro pároco.

O romance de Evi e o seu primo foi descoberto, poucos meses depois; no princípio, tudo parecia perfeito, os apaixonados planejaram um casamento secreto, pois os dois estavam conscientes de que seria a única oportunidade para ambos serem felizes. O futuro pároco sabia que a sua mãe se encontrava, gravemente, doente; as suas dores eram constantes, visitas ao médico incontáveis. Numa manhã, o futuro pároco acorda com os gritos de dor da sua mãe, com febres altíssimas e dores  a nível do abdómen. É levada ao Hospital, para ser socorrida.

- Tudo está sendo feito, para estabilizar a situação da sua mãe. A situação é grave.

- De quê ela está a  sofrer,  doutor?

- Não sabemos, exactamente, a causa, mas trata-se de uma infecção generalizada.

- Tudo está a ser feito, para salvá-la.

A doença da sua mãe abalou a sua família por completa, o seu pai estava destroçado, ele sentia-se culpado pelo facto de estar ausente devido aos negócios familiares. A tristeza era visível, pai e filhos abraçaram-se, rezando ao mesmo tempo; ao terem chegado, o médico, chefe da equipa, fez com que os dois ficassem mais assustados:

- Então, doutor? – A pergunta foi entoada ao mesmo tempo.

- A situação está estável, ela está consciente  e deseja vê-los.

O segredo do futuro pároco tinha sido guardado até à presente; a visita ao leito da morte da sua mãe deu-lhe a conhecer que nenhum segredo fica guardado, eternamente.

- Se eu me tivesse casado no momento em  que decidimos fazê-lo, não teria tomado esta decisão – Disse o futuro pároco, para si mesmo, enquanto segurava a sua cabeça com as duas mãos. O seu pesadelo teria dado início.

Como imaginar que a sua mãe, no leito de morte, o faria prometer que abandonaria a sua querida EVi. Como ela pode pedir uma coisa dessas? A sua mãe, após descobrir a sua relação com a sua prima, tentou, por todos os meios, afastá-los, ao criar inúmeras situações. A sua tia Caty, mãe de Evi, estava sabendo de tudo e juntas uniram-se para afastar o casal.. Após descobrir tudo o que a sua mãe passou, sentiu-se culpado e decidiu pedir  que era momento de desculpas e afirmar o seu amor por Evi, já que lhe deram, ao mesmo tempo, algumas palavras de conforto. Aproximou-se da sua mãe que, com os lábios trémulos, tenta, com muito esforço, comunicar-se com o seu filho; a conversa não foi de todo agrado, para o futuro pároco, que permitiu que a sua mãe, apesar da dificuldade, pudesse exprimir o que lhe ia a alma, o que ela não sabia é que, apesar de que seriam suas as últimas palavras, à sua mãe pediu-lhe que fizesse uma promessa, o desespero era tão grande que aceitou sem hesitar, mesmo que inconsciente de que selarias o seu futuro para sempre.

Tudo parecia preto e branco, o futuro pároco encontrava-se num abismo total; a sua querida Evi se encontrava casada; era uma verdadeira descida aos infernos, a sua mãe, que o guiava, não se encontrava entre os vivos; o seu pai estava depressivo e quase falido e descia, cada vez mais, baixo, já que a sua fé estava abalada. Apesar do sucedido, a sua tia Caty sempre esteve presente para o órfão e o viúvo.

- Tia, o que fazes, aqui ? O que aconteceu? Por que estou aqui?

- Calma, meu querido! Tiveste uma overdose acidental, mas estás fora de perigo; amanhã, terás alta e levo-te de volta à casa

- E onde está Evi?

- A Evi encontra-se de viagem com o seu esposo, não tem previsões de regresso.

Ele tenta, com muita dificuldade, mas sem se posicionar para melhor acomodar-se na sua cama, devido à sua grande depressão.

O futuro pároco tornou-se num viciado em comida, bebidas e mais algumas drogas que provocaram um excesso de quilos. Enquanto a sua tia lhe faz compreender que chegou o momento de ele realizar o que estava destinado, cumpriu, assim, as promessas que fez à sua mãe no leito de morte.

Quanto ao detective, a investigação continua; procede a examinação do corpo do pároco, a morte foi declarada pelo legista por volta das 4h a.m, o que era um tanto quanto perturbador, pois o corpo foi encontrado próximo ao altar.

- O que fazia ele àquela hora tardia, aqui na igreja? – Pergunta a inspectora Thena.

- Hum, pois! O corpo apresenta sinais de cortes com um objecto contundente, provavelmente, como uma arma branca, mas não há sinais de sangue.

- Isso quer dizer, detective, que o assassinato ocorreu noutro lugar, certo?

- Certíssimo, inspectora! E o mais estranho é que se saiba como a enteada do Robert também foi encontrada, não muito distante daqui, inconsciente.

- Agora, que estamos num verdadeiro quebra cabeças, felizmente, a jovem sobreviveu e ela pudera elucidar-nos.

A rigidez do corpo demonstra que a morte ocorreu entre as vinte duas horas da noite; também foi detectado, na autópsia, que o defunto apresenta cortes feitos com uma arma branca, ao analisar mais profundamente.

- Chegamos à conclusão de que alguns cortes foram feitos pelo próprio pároco.

- Como assim, doutor Bruno?!

- Como vê, estes cortes são feitos com os sinais de excitação, quer dizer, não são muito profundos. Já estes parecem-me que a dor foi mais profunda. Tudo indica que estes ferimentos encontram-se de forma paralela e crescente, mas não foi a causa da morte, que foi causado por uma outra pessoa; e como vês, estes sinais indicam uma asfixia.

- Concluindo, então, que a morte do pároco foi por asfixia?

- Exactamente, detective!

- Detective, quem poderia desejar a morte do pároco?

- Não tenho a mínima ideia, mas a verdade sairá por cima.

O dormitório do padre era o mais simples possível, não havia nada luxuoso, uma mesinha de cabeceira; a janela dava para o jardim por trás da igreja, tinha uma mesa, duas cadeiras, a bíblia, muitas fotos da sua infância e juventude. Por baixo da sua cama, era como se fosse uma grande gaveta; tinha alimentos dos mais diversos, não era segredo nenhum que o pároco era um grande adicto de guloseimas, pois o seu frigorífico transbordava de comida; eram as marmitas que vinham da parte dos fiéis que, sabendo do seu grande interesse por gastronomia, faziam questão de mimá-lo.

- Quando ele teria tempo para comer tudo isso?

- Realmente, inspectora! E muita comida mesmo, isso pode alimentar famílias inteiras.

—  Por cima do frigorífico havia uma lata de aparência muito estranha; parecia algo que era destinado a mealheiro, com um pequeno espaço, para introduzir moedas, mas com uma tampa que, por cima, está escrita Sónia.

—  Sónia? Inspectora?

—  Aí está a ligação!

—  O que há dentro?

—  Um frasco com algo.

—  Não mexa, vamos levar para a perícia  e descobrir do que se trata.

—  Detective, recebi uma chamada do legista e disse-me que tem algo para mostrar- nos.

Para Williams, tudo está a tornar-se, cada vez mais, muito complicado; quando achava que as coisas se estavam a resolver, ficava mais complicado ainda; não se justificava a morte do pároco, um homem admirado e amado por toda a comunidade, fazia parte dos defensores de boas causas, após anos de benevolência em África; não se compreendia o porquê da sua morte trágica, pois a sua maior questão seria por que tinha um frasco de produto suspeitos em nome de Sónia?

—  De que trata, doutor?

—  Quando realizamos a autópsia ao pároco, tinha na sua roupa interior esta foto.

—  De quem se trata?

- Hum, isso é um retrato de família e as pessoas não me parecem estranhas!

- Nem a mim, inspectora.

- Oh, Robert, olha bem para isso! É a sua primeira esposa. O detalhe, inspectora !

- Não lhe estou a seguir, detective!

- A Tchissole e a sua mãe  e este casal têm as fotos marcadas com dois pontos.

- Pois é, não se trata de coincidência!

- Algo está a acontecer muito sério.

Robert não estava  à espera da visita do detective e de sua inspectora.

- Detective, por aqui? Como já lhe tinha dito,  não tenho novidades. Por isso, ainda não o procurei; a minha esposa não se encontra em casa; ela ficará muito triste, pois ela diz, com muito orgulho, que o detective é um dos grandes admiradores dos seus pratos culinários.

- Com certeza! Ela cozinha muito bem, mas foi outra razão que me trouxe, aqui. Tenho  comigo uma foto que gostaria que observassem.

- Deixa-me ver. Permita-me que vá buscar os meus óculos, porque a idade tem essas coisas: começamos pela visão e, depois, as dores no corpo.

- Não diga isso! Não está tão velho assim.

\- Onde encontrou esta foto?

\- Estou no meio de uma investigação; como devem imaginar, estou sobre sigilo.

\- Trata-se da minha ex-esposa, do meu filho e dos pais da minha ex.

\- Soube que a minha ex-enteada encontra-se hospitalizada.

\- Como soube?

\- Sabes? As notícias correm rápido; houve alguns comentários de que abandonou a casa e estava a viver num abrigo subsidiado pela igreja; ela tornou-se dependente de narcóticos e quem cuidava dela era o pároco; já tinha sido vista grávida, mas nunca apresentou os bebés.

\- Acredito que deve ser segredo: a esta hora, o pároco foi assassinado!

\- O pároco? Meu Deus! Esteve aqui há uns dias, veio pedir-me para que eu considerasse e perdoasse a minha ex-enteada.

\- E tu concedeu o perdão?

\- Ficamos de nos encontrar na igreja e, devido ao excesso de trabalho, pedi-lhe que agendássemos para daqui a uma semana. Que tristeza! Ele fazia muita questão deste encontro. Quem ousaria matar um homem dessa idade, que é quase do meu pai?

\- Como vê, o mundo assim vai; e se se lembrar de mais alguma coisa, já sabe, entre em contacto comigo!

- Assim será, detective!

O dia estava cinzento, como se a morte do padre fosse sentida lá nos céus; a notícia começou a espalhar-se e a igreja, em menos de uma hora, está plena de flores; muitos saíram das suas casas para fazerem vigília; eram velas acesas dentro e fora da igreja; todos estavam incrédulos: como um homem tão bom tenha tido um fim tão triste? Era o responsável por várias causas sociais, a mais conhecida eram mães solteiras com dificuldades financeiras, que algumas delas davam os seus filhos à adopção e o padre era quem fazia o papel de psicólogo.

Williams volta ao hospital, para dar continuidade ao interrogatório.

1. Como está a sentir-se hoje ?

2. Melhor.

3. Peço-lhe as suas desculpas por ter interrompido o interrogatório, no outro dia!

4. Não se preocupe, aproveite para descansar e pôr as ideias em ordem!

5. Não sei se está sabendo da morte do pároco.

6. Não se fala de outra coisa, mesmo aqui no hospital.

7. Que ele fazia, àquela hora tardia, por detrás da igreja?

8. Tinha recebido uma chamada do pároco, que dizia que era urgente nos encontrarmos.

9. Qual a sua ligação com o pároco?

10. Sei que não devo ocultar-lhe nada, porque vai acabar por descobrir. A minha vida não tem sido fácil, ultimamente, e enveredei por caminhos não muito bons; sair de casa, porque me sentia culpada da depressão da minha mãe; conheci alguém que me iniciou no mundo obscuro das drogas e fui socorrida pelo pároco, que me deu uma casa para morar .

11. Quer dizer, acolhimentos para mulheres?

12. Sim! Acabei por conhecer pessoas de má fé, que mostraram um outro caminho que não é o das drogas, mas não muito bom; pedi ajuda, há um mês, ao pároco e ele fez algumas pesquisas para mim; mas o estranho é que ele mudou, completamente, semanas depois, já que não podia comer nem utilizar nada do lar.

13. Foi há quanto tempo?

14. Duas semanas depois de ele ter viajado para Bruxelas, após eu ter pedido para que encontrasse os meus avós. Quando regressou, estava completamente mudado e eu já estava a sentir-me doente. Então, marcamos o encontro, mas uma das minhas colegas de quarto convidou-me para celebrarmos o seu aniversário, uma vez que nos parecia um ano sóbrio. Cheguei ao encontro, e o padre ainda não se encontrava no local, pelo que comecei a ter visões, perda de audição, fraqueza nas pernas, dores abdominais e acabei por perder a consciência.

15. Quando começou  a sentir-se mal?

16. Pouco tempo depois de ter pedido ajuda ao pároco, mas não era tão grave; o mal-estar começou a agravar-se até ao dia fatídico.

17. Conhece alguém que lhe quisesse mal?

18. Sabe? Fiz tanta coisa má que não me admira nada que queiram matar-me.

19. Tem alguma pessoa que me possa indicar?

20. A única coisa que lhe posso dizer, agora, é que o pároco não parava de desculpar-se, como se ele me devesse alguma coisa.

21. Obrigado! Agora, já sabe: caso se lembre de alguma coisa, entre em contacto comigo.

22. Farei isso.

Williams não tinha uma boa opinião em relação ao caso; apesar da confiança que tinha com o padre, tudo indicava que, como sendo um homem de Deus, as práticas do pároco eram ilícitas. Sentado na sua varanda, enquanto apreciava o seu uísque preferido e fumava um charuto, Williams, um homem elegante e de boa postura, meditava em tudo o que se passava; não era possível que não houvesse uma ligação entre os casos, porque as palavras de Robert faziam eco nos seus ouvidos.

- Eu sabia! Só precisava da sua confirmação, doutor; pobre pequena, teve muita sorte – disse Williams, enquanto dava uma golada no uísque e aspirava forte no charuto, depois de desligar o telefone e prontificou-se, para fazer a chamada seguinte.

- Inspectora, não vai acreditar !

- Diga-me, chefe, não me deixe curiosa!

- Não tenho intenção de fazê-lo, mas senta, aqui, para ouvir o que tenho a dizer-lhe.

- Não faça isso comigo, pois já me encontro sentada!

- Arsénico!

- Como assim, Arsénico?

- O produto que estava na casa do pároco era arsénico!

- Então, o pároco é quem envenenou a jovem. É isso??

A inspectora, incrédula, levanta-se da mesa da cozinha onde preparava algo para comer; senta-se no sofá, cruza as pernas e endireita o punho do cabelo, como reflexo.

- Não posso acreditar!

- Acredite, inspectora, mas ele não agiu sozinho, o círculo está a fechar-se.

- Com certeza, o chefe falta pouco.

- Por que o pároco desejaria a morte da jovem? Pensa comigo, inspectora! Se ela lhe pedisse que ajudasse a encontrar os seus avós?

- Tudo isso é muito estranho, chefe!

- Muito mesmo, inspectora! Pelo que consta, o pároco já estava morto antes de a jovem ir ao encontro marcado;

provavelmente, alguém soubesse deste encontro, foi atrás, matou o pároco e, depois, tentou eliminar a jovem.

- Mas por que o pároco tinha o arsénico em sua posse, o mesmo que quase matou a jovem? Está a faltar uma peça muito importante, chefe.

- Sim, falta o motivo e o que liga os dois à cena! Alguém tentou inculpar o pároco do assassinato.

No dia seguinte, enquanto tomava o seu pequeno almoço, a campainha toca, Williams apressa-se em abrir:

- Minha querida Rebeca, meus olhos alegram-se em tua presença.

- Não me digas isso, Williams! Há quanto tempo não me procuras?

- Tens toda a razão, pois eu não tenho tido muito repouso e os acontecimentos têm sido uns atrás dos outros.

- Tive conhecimento da morte do pároco. Que tristeza! Parecia-me ser muito boa pessoa.

- Acredito que sim, mas existem algumas lacunas que fazem com que eu ponha em causa a sua idoneidade.

- Que queres dizer, Williams?

- Faz parte do inquérito; por enquanto, são só suposições, nada mais.

- O que te trouxe, aqui?

- Saudades não contam?

- Também tenho muitas saudades, querida.

- Além das saudades, tenho algo a dizer-te, o que me impediu de dormir há alguns dias. Fui abordado por dois indivíduos que, apesar de faltar credibilidade nas suas palavras, conseguiram criar o sentimento de dúvidas; pareciam dois homens bem postos, fisicamente, com o vocabulário limitado; um deles, não sei do porquê, parecia-me conhecido, mas não consigo a ligação de onde eu posso tê-lo visto.

- O que queria?

- Não vais imaginar! Eles disseram que os meus filhos estão vivos! Que estavam dispostos a negociar, claro que me prontifiquei logo, mas eles decidiram que iriam entrar em contato comigo, dentro em breve.

- Nunca duvidei disso!

- Vivos – imagina Williams –, porque eu sinto que estou, cada vez mais, próxima de encontrá -los.

  Como eu te tinha prometido, vais encontrá-los mais cedo do que tu imaginas.

- Deus te ouça, Williams!

- Diz mais: como eles eram e como chegaram até a ti?

Então, Rebeca descreve, emocionada e detalhadamente, como foi que conheceu a fisionomia dos dois homens.Williams, incrédulo em como a sua amada não poupou os detalhes, passa as mãos pelos seus cabelos e olha, fixamente, à Rebeca e disse:

- Não posso acreditar! Esses são os homens que invadiram a minha residência. Não posso acreditar que, finalmente, eu vou apanhá-los.

- O que faz com que tenhas tanta certeza?

- A cicatriz, Rebeca. Toda a descrição que fizeste, sem dúvidas, trata-se dos mesmos homens.

Williams estava obcecado com a ideia de encontrar quem estava por detrás de tudo. A inspectora Thena  entra na sala, sem fazer o menor barulho; ela era de estatura média, com um olhar angelical, dona de uma grande beleza; a sua natureza meiga fazia dela uma pessoa muito querida por todos os seus colegas e amigos. Ela abre o mini frigorífico que se encontrava próximo da janela e tira uma garrafa de água. A expressão da sua face era de inúmeras dúvidas, como se algo a perturbasse.

- Não vai acreditar no que descobri, chefe – diz a inspectora, enquanto segura nas suas mãos dois papéis dirigidos ao seu chefe. Williams estava com os olhos fixados no computador, sem prestar muita atenção ao que a sua inspectora dizia. Ele ergueu os seus olhos, directamente, para a sua inspectora.

- Chefe, tenho, em minha posse, documentos que comprovam que Régis não era, oficialmente, casada com Marc e a pequena não era filha de Marc!

A expressão de Williams foi de surpresa total, um silêncio fantasmagórico. Inspectora Thena vira a sua cabeça em sua direcção  e  nota  que o detective tinha um sorriso no seu rosto; neste mesmo momento, compreenderam que os dois estavam na mesma sintonia; rapidamente, com uma grave cumplicidade, já que a alegria fez parte do local, as peças do puzzle estavam a ficar completas.

- Aconselho-lhe, inspectora, a não comentar essa história com ninguém; tudo está a acontecer, rapidamente, fora do normal. Nós temos, em posse, indícios muito importantes.

- As coisas começam a somar e eu confesso que jamais pensei em algo parecido.

Com os novos indícios, Williams recebe o balão de oxigénio de que precisava.

- Gostaria de ter uma conversa consigo.

- Nos Conhecemos?

- Sou o detective Williams, encarregado das investigações sobre a morte de Régis.

- Ah, conheço sim!

- Diga-me uma coisa, enquanto erguia os olhos em direcção ao seu colega.

- Conhecia bem a Régis?

- Era a minha melhor amiga.

- Como era a sua relação com Regis?

- Tínhamos uma excelente relação.

- Nunca notou nada de anormal em relação ao casal?

- Que eu saiba, nada que chamasse a minha atenção! Alguma vez ela confessou algo em relação à sua filha?

- Como? Não percebi a pergunta!

- Ela disse algo em relação à sua filha?

Rosy era a pessoa mais próxima da Régis, seria impossível que não soubesse do que se tinha passado. Williams estava decepcionado, esperava que Rosy, como melhor amiga, pudesse esclarecer algumas dúvidas, mas, apesar de não estar satisfeito com as declarações, não se deu por satisfeito.

- Não vou descansar, enquanto não ponho os culpados na cadeia – disse Williams à sua inspectora.

- Inspectora! – grita Rosy, a partir da janela da sua cozinha.

- Diga!

- Tenho algumas coisas a dizer-lhe, mas gostaria de que ficasse entre nós: sei que o senhor tem como objectivo resolver o caso do assassinato da Régis, mas não sei se o que tenho a dizer vai ajudar-lhe mesmo.

Williams escutava com muita atenção, enquanto fechava a porta do carro, e  dirigiu -se, novamente, para o interior da casa. Rosy, após  Williams ter deixado a sua casa, no momento de remorso,  chama o detective, para dizer-lhe a sua versão dos factos.

- Posso saber se Marc é um suspeito?

- Suspeitos são todos, até que se prove o contrário.

- Marc não é o pai da filha de Régis?

- Nós já sabiamos!

- Régis conheceu a pequena, quando ela tinha dois meses; o seu marido era um homem narcisista que a humilhava e, constantemente, agredia-a, tanto física, como psicologicamente, com uma bebé recém-nascida; Régis começou a ter os primeiros sintomas de depressão. Marc foi uma das pessoas que lhe ajudou, conheceram-se num supermercado. Numa noite, quando o seu esposo estava ausente de casa, Régis viu a grande oportunidade para abandonar a casa, com ajuda de Marc; mas o momento não podia ser mais oportuno.

- E o que aconteceu, depois? – perguntou o detective.

- A única forma para que o esposo de Régis a deixasse em paz, no fundo, seria por meio de uma simulação do casamento e foi assim que passou a ser considerada como esposa do Marc.

- E como era a relação do suposto casal? – Perguntou Williams, com insistência.

- Infelizmente, detective, devido à minha agenda apertada, tive pouco contacto com eles e falamos, muitas vezes, só ao telefone, mas tratava-se de banalidades; soube, mais tarde, que Régis se encontrava, novamente, grávida e que eu seria a madrinha; contou-me também que tinha sido por inseminação artificial, pelo que até ao momento não consigo acreditar.

- Sinto muito, mas vamos encontrar o assassino!
- Sabe onde podemos encontrar o seu ex-esposo?
- Sei que ele é dono de uma oficina do outro lado da cidade. Se não me engano, ele voltou a casar-se.

- Muito obrigado pelas informações, Rosy!

- Precisa de mais alguma coisa?

- De momento, não.

Williams retira-se, na companhia da sua inspetora. Depois de apreciar o apetitoso almoço preparado pela sua esposa, tirando o seu cochilo habitual, o mecânico é interrompido pela presença do detective.

- Desculpe-me incomodá-lo! Eu sou o detective Williams e preciso de algumas informações.

- Com certeza, o que seria? – Respondeu o mecânico a gaguejar, sem saber por que motivo um detective estava presente na sua casa.

- Não lhe tomarei muito tempo, porque são apenas formalidades – diz o detective, já tranquilizado.

- Gostaria de ter algumas informações em relação à sua ex- -esposa, a Régis.

- Não tenho muito a dizer-lhe; é que, depois da nossa separação, ficamos, completamente, sem contato.

- Imagino que, apesar da falta de contacto, tenha sido difícil, para si, ter visto a sua filha órfã de mãe. Pois não?

- Com certeza! Veja que a minha filha tinha apenas dois meses na época da nossa separação.

- Quanto tempo estiveram casados?

- Quatro anos e meio.

- Qual foi o motivo da vossa separação?

- Não nos entendemos como casal.

- Tem alguma coisa que possa dizer-nos, que ajudaria a resolver o caso?

- Não! Porque a última vez em que a vi, ela estava num abrigo para mulheres.

- Nunca teve outro contacto após ter saído de casa?

- Como já disse, não!

- Como reagiu ao facto de ela ter saído de casa?

- Como pode imaginar, não fiquei feliz, mas ela fez a sua escolha e eu aceitei.

O detective fica surpreso com a espontaneidade do mecânico ao responder-lhe as perguntas. O mecânico ergue as sobrancelhas em sinal de que, para ele, estava tudo dito.

O detective dá um  passo em direcção na porta de saída, quando decide que tinha mais duas últimas perguntas.

- Conhece alguém que pudesse querer mal a Régis?

- Que eu saiba, não.

- Tem alguma ideia de quem possa ser o assassino?

- Hum, provavelmente! – diz o mecânico, enquanto continuava  o seu discurso.

- Eu soube que Régis quis dar a nossa filha para adopção,

mas por um motivo desconhecido não foi possível. Ah, continuava com uma voz excitante!

- Também ouvi que em casa não parecia um casal de verdade, pois Marc tinha alguém.

Williams levanta os olhos em direcção à sua inspectora, mas com ar surpreso.

- Marc tinha alguém?

- São suposições; quem sabe? Eu e Régis fomos casados e tivemos alguns amigos em comum, alguns deles continuaram a saber de nós.

- Tem provas do que diz?

- Nada de concreto, mas eu acredito que sim, é possível que Marc tivesse alguém.

- Pode indicar alguém que possa confirmar o que diz?

- Infelizmente, não.

- A inspectora faz um sinal discreto para o detective e indicando a forma como o mecânico agitava os seus pés. Para Williams, o assassinato de Régis estava ligado à tentativa de assassinato de Sónia, que estava, directamente, ligada à morte do pároco.

- Tudo isso parece uma organização criminosa muito bem organizada.

- Está mais do que certo, chefe.

Eles tentaram afastar-me do caso a todo o custo, porém tenho a certeza de que os cabeças da organização estão aqui na cidade; quem está por detrás de tudo isso só não tenho a certeza.

- Williams, estou aqui, em sinal de desespero, e não me ponhas para fora, por favor!

- Como és capaz de procurar-me? – Mell, olha para Williams, com os seus olhos carregados de lágrimas.

- Eu desejei a tua morte, desejei que tudo desse errado para ti, não te posso imaginar feliz nos braços de outra mulher, por isso, eu queria que tu fosses meu, só meu. O que aconteceu a William? Eu não signifiquei nada para ti? De que interessa ter todos os homens a meus pés, se não te posso ter a ti?

Mell tinha perdido o brilho que sempre transpareceu, o seu cabelo estava preso de uma forma rápida; sem graça, a sua voz estava trémula e a usar sapatos rasos; só que nada daquilo era ao que Williams estava acostumado.

- Que fazes, aqui?

-  Estou desesperada.

- Antes de continuarmos, desejarias um café?

- Não, obrigado! Pois sei que estou nervosa o suficiente e preferia um copo de água, se possível.

- Mell, não desejo que tu acredites  em fantasias, porque acho que chegou o momento de falarmos de coisas reais e como é importante enfrentar.

- Muito bem! – responde ela, de forma calma e serena.

- Eu juro que não tenho nada a ver  com estes assassinatos; ignoro tudo o que tem se passado e a única coisa que eu tinha de fazer, até aqui, era afastar-te do caso. Não foi muito difícil para mim, pois era uma forma de estar próxima de ti e ter-te.

- Mell, aceita, de uma vez por todas, que não existe nós!

- Não existe nunca, para mim, quando se ama!

- Como podes amar alguém que quiseste destruir?

- Por raiva, a ideia de não ser mais amada por ti; a partir do momento em que fiquei sem ti, o meu amor transformou-se em ódio.

- Acabou, Mell! Já não existe mais nada entre nós, nem vai haver mais. – Disse Williams, com uma voz alterada, já acompanhado  até à porta de saída.

- Obrigado pela sua visita,  Kathleen! – Disse Williams, cordialmente. Perdoa-me por tê-la interrompido a esta hora! Mas, infelizmente, preciso de algumas informações suas.

- Não se preocupe, detective, porque já estava para procurá-lo, assim que estivesse disponível.

- Para começar – disse Williams –, quais são os critérios de adopção?

- As nossas crianças são, muitas vezes, frutos de ambientes conflituosos; na maior parte das vezes, as mães são solteiras que têm dificuldades em sustentar os filhos e chegam até nós no sentido de arranjarmos uma solução.

- Como são escolhidos os futuros pais? Pelo que constatei, a maioria das crianças são adoptadas por pais estrangeiros. Sabemos que o processo não é muito frequente devido à complexidade; é duradouro e traduz a necessidade de garantir que as crianças estejam em boas mãos.

- Como deve saber, nós trabalhamos com advogados especializados na matéria; toda uma equipe envolvida para que tenhamos a certeza de que as crianças estão em boas famílias; por isso, o processo torna-se longo. As crianças são disponibilizadas para uma adopção internacional por juízes.

- Quais são os países que mais procuram crianças para adoptar? – Perguntava Williams, enquanto olhava para Katleen, de forma expressiva.

- Os maiores pedidos surgem da Itália e da França. Deixa-me sublinhar que a Lei exige que os futuros pais devem permanecer em território nacional num período de trinta dias, para garantir o bom desenrolamento do processo.

À medida que Kathleen respondia às perguntas do detective, o seu tom de voz mudava, completamente. Williams lembrou-se de que não foi a primeira vez que entrevista Kathleen e que determinadas perguntas a faziam sentir-se desconfortável; por sua vez, as dúvidas na face do detective não passaram despercebidas para a mente de Kathleen. A cena que ele tinha nos seus olhos criou mais dúvidas e, apesar de ser uma mulher influente, era necessário aprofundar a questão.

- Tenho uma última pergunta – diz o detective, enquanto olhava, fixamente, para Kathleen – Já ouviu falar da Régis? Ou tenha tido  algum contacto mais próximo com ela?

- Todos nós, aqui na cidade, ouvimos falar deste caso. Sim, já ouvi falar, – respondeu  Kathleen – mas não a conhecia, pessoalmente.

- Mais alguma coisa de  que se lembre ou que possa ajudar no caso?

- Lembro-me de ter tido contacto com o assistente do orfanato e parece-me que, na altura, estava a separar-se do marido e quis saber quais seriam as diligências a serem feitas, para adopção da sua filha com dois meses de idade.

- Tem a certeza? – Pergunta  Williams, enquanto coçava a sua cabeça, persistentemente.

- Com certeza! – Afirma Kathleen, que, desta vez, o tom da sua voz era contrário até uns dez minutos atrás.

- Por que não houve seguimento do processo?

- Simples! Continua Kathleen, devido ao longo processo e à complexidade, ah! também soube que ela desejava manter contacto com a criança após a adopção.

- Foi feito algum processo ou iniciado um?

- Não foi necessário, nós demos a possibilidade às mães de refletirem antes de tomar qualquer decisão.

- Em relação ao seu esposo, conhece?

- Não!

- Difícil de acreditar, nem nunca o viu?

- Não!

- Kathleen, obrigado pela disponibilidade! Se por acaso souber de algo, pode entrar em contacto comigo.

Depois do interrogatório, vira-se em direcção à sua inspectora que assistia tudo, tranquilamente, tomando notas. Sempre apreciei esta mulher, sobretudo, pelo seu magnífico trabalho, mas pergunto-me se ela não me esconde nada.

- De qualquer modo, se ela estiver envolvida, saberemos, tarde ou cedo.

- Com certeza! Seria uma pena, mas enfim.

A pista de que dois indivíduos desconhecidos, escondidos no parque com um comportamento estranho, chegou até aos ouvidos de Williams que, com ajuda da sua inspetora, os dois homens foram levados, sob custódia e sem grandes declarações.

- Que estranho! – Murmura Williams. Acabamos por apanhar os dois suspeitos que invadiram a minha casa, suspeitos de terem estado no parque, no momento em que a Régis foi assassinada. Não acredito que estes dois tenham organizado, por si mesmos, o meu assassinato.

- Algo tem de vincular estes dois a estes crimes.

- Diante dos factos, não tenho dúvidas, chefe.

- Soube que um dos dois entrou em contacto com a Rebeca

em troca de informações; qual dos dois foi?

- Não faço a mínima ideia do que está a falar.

O interrogatório foi feito de forma individual. Para Williams, era importante, antes de mais, descobrir qual dos dois seria o mentor e quem seria o mais frágil, para obter informações. Desde o começo, os indivíduos não foram muito cooperativos, eles estavam conscientes de que não havia nada contra eles, sabiam que tarde ou cedo seriam livres. As declarações eram absurdas, sem sentido. Williams permanece incrédulo. Os homens estavam decididos a não dizerem nada, não havia como arrancar uma palavra deles.

Vestida, como sempre, com as suas roupas extravagantes e provocadoras, era como se fosse o que mais chamava atenção; mas, conhecida por Lolita, dificilmente passa despercebida, era mais uma das mulheres que residiam no abrigo, para mulheres com dificuldades; o ambiente era confuso, a tristeza no olhar de umas contrariavam a alegria de outras. O edifício situa-se afastado do centro da cidade, rodeado por pasto feito com o propósito de criar um ambiente calmo, para que essas mulheres, já sofridas, pudessem ter um pouco de calma.

- Ah, estou feliz por estar aqui! Estava a sentir-me aborrecido, porque partiria sem poder vê-la.

- Já está de saída? Pelo que me apercebe, chegou agora.

- Posso dizer que é uma pessoa atenta.

- A que devemos a vossa presença, aqui no abrigo?

- Pelo visto, já parece melhor.

- Graças a Deus! – suspira Tchissole aos risos.

- Não acredito que o seu lugar seja aqui, Tchissole.

- Claro que sim! Porque  todas essas mulheres têm uma história parecida com a minha; elas fazem parte da minha família, agora.

Mesmo que Williams não estivesse à espera de tal resposta, o seu sangue frio permitiu  que guardasse a sua indignação. A jovem teve mais um momento de sorriso, o tom de voz era o mesmo, sem perder aquela graça com que o detective estava acostumado.

- Ao contrário do que parece  detective, aqui só há gente do bem, mulheres que batalham para existirem perante a sociedade.

- Não duvido.

CAPÍTULO XIII

# ABRIGO OU REFÚGIO CRIMINAL ?

Williams, à medida que conversava com Tchissole, não deixou de perceber que, para uma casa conhecida como acolhedora de mães solteiras, a ausência de bebés era evidente.

- Ah, não, não acredito! O grito de surpresa surpreendeu a todos.

Williams não teve tempo de realizar o que se estava a passar, a jovem em estado de gravidez avançado é invadida pelas suas colegas que a levaram para o seu quarto. A agitação tomou conta do local; para o entendimento de Williams, não era a primeira vez que algo assim acontecia.

- Desde que veio para o obrigo, após ter abandonado a casa onde residia com o esposo, tem sofrido de crises constantes de ansiedade; sempre que alguém de sexo masculino entra no abrigo, provoca  uma certa alteraçao a nivel de estresse.

Apesar de ser um batimento grande, não tinha muitas residentes, apenas seis mulheres, incluindo as auxiliares.

- Como ela está? – Pergunta.

- Melhor. – Respondeu Tchissole.

- Parece- me que ela está com uma gravidez avançada.

- Sim, está no seu penúltimo mês!

198

- Se o abrigo está destinado às mães solteiras, onde estão as crianças ou os bebés?

Tchissole respira fundo, antes de responder à pergunta do detective.

- Cada mulher, aqui, tem a sua história; uma vez que os bebés nascem, abandonam o abrigo e  seguem as suas vidas.

- Se bem percebi, o abrigo é um lugar de transição?

- Sim, só fica quem está interessado, mas fica complicado, porque não se admite crianças. A maioria tem autorização de ficar até o bebé completar,  no máximo, um ano e a maior parte das mulheres que aqui  residem, por fim, tem outros filhos.

Um brilho sinistro aparece no olhar de Williams, ele estava sentado ao pé da mesa de centro, próximo de uma residente que não tirava os olhos do detective; as suas feições eram de alguém que já passou por muitas dificuldades na vida; a sua vestimentaria não combinava com o que aparenta a sua idade: saia curta de jeans com uma blusa justa, rosa pálido.

- A propósito, detective, parece-me que só está interessado no  que a Tchissole diz, mas saiba que todas nós temos algo a dizer. – Disse a mulher que não tirava o olhar ao detective.

- Eu sei que sim, por isso, não se atormente. Estou aqui para registar os depoimentos de todas.

A conversa fluía e as senhoras foram sentir-se, cada vez mais, à vontade e a conversa girou em volta de Tchissole. Aconteceu a ironia do destino de que, uma jovem como ela, se encontrou num abrigo para mães com dificuldades

- Vocês conhecem o pároco?

- Que Deus tenha a sua alma! – disse a mulher e fez o sinal da cruz.

- Já se sabe o que aconteceu?

- Estamos a investigar os acontecimentos.

- Foi uma grande perda para nós, o pároco era um grande apoio para o abrigo; graças a ele que todas nós estamos aqui; ou seja,  nenhuma de nós tinha conhecimento do abrigo, se não fosse pelo pároco – respondeu a outra mulher, que estava do lado oposto e aparentava estar no seu segundo mês de gestação.

- Falem-me um pouco do trabalho do pároco –  questiona detective.

- O pároco tinha uma grande paixão pelos doces, um homem com  grande apetite, muitas vezes, com uma ligeira queda pelo álcool, grande homem de fé, mas com métodos, por vezes, duvidosos.

- Tchissole, quando dizes métodos duvidosos, o que queres dizer com isso?

- Não era novidade que o pároco tinha algumas amizades com algumas pessoas não muito recomendadas. – Disse a mulher de saia jeans.

\- Sabes que ele era padre, tinha de lidar com todos, para ele não podia existir exclusão. – Exclamava a outra, enquanto alterava a sua voz – não te esqueças, porque graças a ele que estás aqui!

\- Eh, bem, senhoras! – Disse o detective, para acalmar os ânimos.

\- Alguém entre vós tem alguma ideia de quem podesse atentar a vida do pároco?

Um silêncio mórbido instala-se na sala, os olhares eram de medo e ao mesmo tempo mistério.

\- Não sei vocês, mas houve uma residente que esteve, aqui antes de mim, desconfiava que o pároco lhe deu beber algo que parecia errado.

\- Como assim?

\- Ela diz que após beber sumo de laranja, sentiu-se mal e foi este o motivo que fez com que ela perdesse o bebé e no dia seguinte abandonou o abrigo.

\- Deve existir uma explicação para isso, porque não acredito que o padre tenha sido capaz de algo parecido.

\- Tchissole fala por ti, o pároco de um momento para o outro tornou-se seu protetor como se houvesse algo que o ligasse a ti.

\- Não diga asneiras, disse Tchissole para a mulher de saia jeans que aparentava certos ciúmes.

- Isso que estás a dizer é muito sério.

- Lembras-te, Tchissole, de quando te sentias mal, após a saída do pároco? – Pergunta a mulher.

- Foi uma coincidência.

- Coincidência? Tu perdeste os sentidos! Tiveste de ser hospitalizada. Chamam isso de coincidência?

Tchissole tinha uma grande consideração pelo pároco e às suas colegas nutria certos ciúmes; ela foi a última a chegar ao abrigo e as suas colegas já lá se encontravam há meses; o turbilhão começou com a sua chegada, apesar da confiança que nutriam pelo padre; mas Tchissole sentia-se mais à vontade do que as outras.

O pároco exercia o papel de conselheiro e protector, homem de grande entusiasmo e sempre visto como praticante do bem. Não suportava a solidão e, depois do almoço, recolhia-se ao lado dos necessitados. Ele era muito admirado por todos, participava de retiros e fazia-se presente, sempre que necessário.

- Nunca viram nada de suspeito?

- Bem, suspeito como tal, eu não sei se seria a palavra certa. – Diz a mulher que já se tinha recuperado das suas crises e que a presença do detective já não era um incómodo.

- Lembro-me de um dia em que fui ter com o padre, mas ele estava ocupado; após alguns minutos, vejo o jovem Valdir a sair do confessionário, com os olhos cheios de lágrimas. Perguntei-lhe se estava tudo bem e se eu poderia ajudar, pelo que me respondeu que ninguém o podia ajudar, porque o mal já estava feito; a imagem que ficou na minha mente foi que algo terrível tinha acontecido com o pobre rapaz e o padre  sabia, com certeza, do que se tratava; e à medida que ele se afastava em direcção à porta, o pároco contemplava com  olhar sinistro.

Williams continuou a rodear a cidade, enquanto buscava informações; por incrível que pareça, algo chamava a sua atenção.

- Não fujas, eu sei onde moras e posso ir, directamente, à tua casa!

- Não estou a fugir. – responde Valdir, mas com uma voz trémula.

- Então, diz-me: por que razão me persegues?

- Foste tu quem fez a chamada anónima?

- Sim, fui eu!

- O que fazias, naquela hora, por trás da igreja? Valdir desvia-se do detective e põe-se em fuga.

- Achas que conseguimos escapar?

- Não tenho nada a dizer.

- Tens e muito, pelos vistos; mas não te preocupes que não te farei mal, porque preciso de algumas informações que só tu tens.

- Ok., eu tinha visto um acidente, quando tinha sete anos de idade, em companhia do meu pai; neste acidente, lembro-me de ter visto que, além dos meus pais, havia dois bebés que pareciam ter a mesma idade; o meu pai não me deixou aproximar, mas eu consegui ver tudo; o meu pai foi até ao carro acidentado e lá estava uma senhora, com dois senhores, a socorrerem a família; não demorou muito para o socorro chegar, a senhora ficou com os bebés e, mais tarde, soubemos de que eles faleceram com o pai.

- E os bebés estavam feridos?

- Não, não tinham sinais de deferimentos!

- Pareciam mais assustados do que outra coisa.

- Tu reconheces a senhora e os senhores?

- Não!

- Tens a certeza?

- Tenho, sim! Há algo  que aconteceu, naquele dia do acidente, que fez com que tivesse marcado um encontro com alguém misterioso, no dia em que ele morreu, mas não soube, até agora, de quem se trata.

- Okay. Agora, estou a perceber: estás à procura de quem esteve com o teu pai no dia fatídico.  Certo?

- Sim! Fui eu quem confirmou que os bebés tinham sido levados e, desde logo, o sentimento de culpa pesa-me.

- Não tens culpa de nada, pois foi um acidente.

- É o que vou descobrir.

- Isso é um inquérito policial e muito perigoso, por isso, deixa-me fazer o meu trabalho e terás todas as respostas à devida altura.

- Tenho mais uma coisa a confessar, sei que um dia irei descobrir.

- Do que se trata?

- Fui eu quem comprou o arsénico para o pároco.

- O arsénio? E onde?

- Foi o John quem me vendeu.

- O John do grupo diabólico?

- Tudo de que precisas, pelos vistos, ele tem.

- A cozinheira do orfanato é a prima do John e foi contratada pela Rebeca, para trabalhar no orfanato e obter informações.

- Contratada pela Rebeca? Tu conheces a Rebeca?

- Sim! Estamos juntos na investigação e foi ela quem descobriu que a morte do meu pai não foi um acidente. A prima do John fez a chamada anónima; foi ela quem deixou as fotos das crianças. Williams não acreditava em tudo o que estava a ouvir, sentia-se traído por Rebeca.

- Última pergunta: por que o pároco precisava do arsénico???

- Não sei responder-lhe.

- Não precisas responder-me, porque sei para quem; só não sei por quê.

CAPÍTULO XIV

# A CEREJA E O BOLO

A noite estava quente e insuportável, para dormir. Williams, vestido com os seus shorts e uma tshirt branca, olhava para toda a papelada posta em cima da mesa, enquanto apreciava o seu vinho branco preferido, na tentativa de descobrir qual ligação havia entre estas mortes; a fotografia que o padre tinha nas suas mãos, na hora da morte, chamou toda a sua atenção dos presentes e quis saber quem eram aquelas pessoas.

- Bom dia, inspectora Thena!

- Bom dia, detective! Esta sua cara parece que não teve uma boa noite.

- Na verdade, o calor estava insuportável; aliás, o caso de Régis está cada vez mais claro, para mim.

- Chefe, tive informações de que Marc abandonou o país.

- Quando? Ele estava proibido de tal acto.

- Pois é! Mas faz três dias e não temos nenhuma informação de onde possa estar.

- Inspectora, sobre a minha mesa há um bloco de notas e eu preciso de todas as informações que estão aí escritas.

- Sim, chefe! Vou, agora mesmo, tomar todas as providências.

- Eu vou ausentar-me por umas horas, pelo que preciso de alguns esclarecimentos urgentes. Rebeca estava sentada em direcção ao jardim, com um copo de água na mão, e o seu semblante parecia estar entre o céu e a terra, completamente dividido.

- Faço incómodo?

- Oh, querido, claro que não! Estás, aí, há muito tempo, mas que não te vi chegar.

- Não faz mais de dois minutos.

- Que calor insuportável! Não achas?

- Está previsto até ao fim-de-semana.

- Eu estou a beber água, o que te posso oferecer?

- Para mim, água fresquinha também me faria bem.

- O que te traz aqui? Não é que não sejas bem-vindo; simplesmente, não esperava por ti, hoje.

- Gostaria que me explicassem o porquê de ocultar algumas informações.

- Como quais?

- As investigações que tens feito com o jovem Valdir.

- Ham, okay, essas informações!

- Rebeca, não deves estar séria!

- Como assim não séria?

- Sabes melhor do que ninguém a luta que tenho tido para

este caso e, portanto, todas as informações são importantes.

- Mas eu não estou a investigar sobre a morte de Régis. Estou à procura dos meus filhos.

- Não compreendes que está tudo interligado, Rebeca?

- Por que estás tão aborrecido?

- Não medes  ao perigo; é só isso.

O tom de voz foi tão forte que Joke apareceu na sala, a passos lentos, pronto para atacar.

- Não te preocupes, Joke, porque está tudo bem.

- Quero que tu saibas que são pessoas perigosas e que é preciso ter cuidado, Rebeca. Preciso saber tudo o que já conseguiste com as informações, até agora; por isso, não me ocultes nada.

- As informações que tenho são inacreditáveis, Kathleen. Veja que o doutor Alberto, junto com o pároco, tinham reuniões constantes com um indivíduo desconhecido, no orfanato; revela-se que o pároco tinha uma filha.

- Uma filha?

- Sim, meu, querido, uma filha!

- Onde anda esta filha?

- Infelizmente,  não tenho essa informação.

- Hum, está claro! Agora, sim, percebi.

- Williams, o que percebeste?

- Vai saber dentro em breve; agora, se me der a sua licença, tenho algo importante para fazer.

Williams, apressadamente, vai ao encontro da madame Kathleen:

- Detective, por aqui?

- Como vai, Kathleen?

- Não esperava a sua visita por aqui, hoje.

- Sim, és a segunda pessoa a fazer-me esta observação! O imprevisto tem sido  a minha divisa.

- Em que posso ajudá-lo?

- Pode começar por dizer-nos como estão os seus filhos?

- Os meus filhos?

- Sim, os seus filhos.

- Estão bem, são dois adolescentes tranquilos.

- Nunca pensou em ter mais filhos?

- Não! Eu acredito que um homem tão importante tenha saído do comissariado, para saber da minha maternidade e dos meus filhos.

O gesto de Williams foi bem visto por Kathleen e, em sinal de desculpas, segurou a sua mão e recuou dois passos.

- Peço-lhe as suas desculpas por interromper.

- Não tem de quê! Esteja à vontade. O Detective apresentou-lhe um dos grandes patrocinadores do orfanato Roman. Ele que reside na Grécia e, de vez em quando, tem vindo constatar o que temos feito com o seu investimento.

- Como está? Sou o detective Williams.

- Apresento-me: Roman, director de empresas.

- Tem nome da sua empresa?

- É uma empresa familiar que, por motivos óbvios, gostaria de manter no anonimato; a minha família é muito conservadora e não gostaria de estar exposta, quando se trata de dinheiro.

- Compreendo.

- Portanto, a sua voz não me é estranha.

- Provavelmente, passei por uma cirurgia faz dois meses e alterou o meu tom de voz.

- Cirurgia que altera o tom de voz? Não conheço alguma doença grave!

- Foi estetica; precisava de reparar alguns males típicos da idade; mas, como pode imaginar, não me sinto confortável ao falar deste assunto.

- Ah, vaidade! Não vejo por que não cuidarmos do nosso corpo.

- Roman, deixa-me dizer-lhe que o detective também é um apoiante das nossas causas.

- Então, faz parte dos nossos?

- Detective, já agora, aproveito para convidá-lo à gala que terá lugar daqui a duas semanas, que visa angariação de fundos para o orfanato; infelizmente, perdemos o pároco que tinha muitas obras caritativas no seu activo; juntos, decidimos apoiar também estas causas; o seu convite oficial será enviado pelos correios.

- Fico muito agradecido, desde já.

- Detective, o senhor não disse ainda, exactamente, o que o trouxe aqui.

- Gostaria de saber se soube de alguma coisa, a propósito do acidente que levou a vida do pai do jovem Valdir.

- Valdir ? Não o conheço.

- Foi algo em que se falou muito.

- Ah, como eu sou distraída com tantas preocupações! Soube, sim, que foi uma grande fatalidade.

- Estou a investigar o caso e,  pelos vistos, não foi um acidente.

- Como assim não foi um acidente?! Por acaso, tem provas do que diz?

- Até agora, não! Mas terei,  em breve, com certeza.

- Obrigado pela visita, detective!

- É recíproco. Quanto às suas dores, senhor Roman, existe uma pomada verisol que é muito boa para inflamações, talvez lhe ajude no inchaço que tem na cara.

Roman respirou fundo, enquanto olhava para Kathleen que seguia com os olhos no detective que deixava a sala com um olhar malicioso; e, obviamente, confirmou do que se suspeitava com o silêncio de Roman.

- Não diga nada, Kathleen! Por favor, não! Se chegarmos até aqui, durante estes anos todos, não vou deixar que um detective insignificante estrague tudo o que construí com tanto sacrifício.

- Ele sabe de algo, tenho a certeza.

- O pior é que tu tens razão, porque ele sabe de algo; deixa--me organizar a gala, só depois vamos resolver o caso do detective.

De volta à delegacia, Williams encontra a Inspectora:

- Detective, tenho boas notícias, para si.

- Boas notícias é do que preciso neste momento.

- O feto  foi encontrado.

- Inspectora! Onde?

- John veio ao comissariado e pediu para falar consigo, mas, como não estava, resolvi recebê-lo; por acaso, vinha acompanhado de um frasco com o feto dentro.

- O feto encontra-se com ele este tempo todo?

- Não pode ser! Mas é sério isso?

- – Sim, sério! Ele diz que dois homens não identificados ofereceram o feto para sacrifícios.

- Tudo isso em troca de?

- Que não revelassem que eles os teriam visto no parque no dia que Régis foi assassinado.

- Mais alguma coisa?

- Sim, detective! Identificamos as pessoas nas fotos que se encontravam na posse do pároco.

- Interessante!

Enquanto conversavam, repentinamente, entra a menina Tchissole com o rosto que vislumbrava felicidade:

- Tchissole, como estou contente em vê -la!

- Obrigada por tudo! Finalmente, fiz as pazes com Robert e com a minha mãe; infelizmente, não posso reparar o que se passou. Robert é um homem bom, estou feliz por ele ter dado volta  a toda situação; agora, trabalhamos juntos, mesmo que  o trabalho de contabilidade não seja o meu forte, mas Robert é muito paciente e tem estado a ajudar- -me muito.

- Fico muito feliz por vocês. Sabe-se que todos cometemos erros no passado, mas o que te trouxe aqui?

- Vim para recuperar a foto que estava nas mãos do pároco.

- A foto pertence-te?

- Sim, ela é de família, a única recordação da minha avó.

- Sua avó?

Após identificação, Williams devolveu  a foto seguro de que uma peça do puzzle tinha sido resolvida; só  mais duas peças e estaria tudo solucionado.

Os preparativos para a gala estavam quase prontos. Mell tinha acabado de chegar à comuna,  com toda a pompa e as circunstâncias, após ser trocada por Rebeca, com o ego magoado; a gala seria uma ocasião  ideal para se fazer remarcar.

- Williams, que surpresa!

- Oh, Rebeca, desculpa-me pela minha ausência! Não imaginas a falta que tu me fazes.

Os dois amorosos  caem nos braços um do outro em troca de beijos e carícias até ao amanhecer.

- Amo-te tanto, Rebeca.

- Tu também me fazes tão feliz, não me imagino nos braços de outro, Williams.

- Estás convidada para uma gala, amanhã.

- Hum, gala! Já faz tempo que não vou a uma gala. Joke chega amanhã  de uma missão em França.

- A maior parte dos habitantes da cidade se fará presente.

Kathleen preparava-se para o seu grande dia, a gala tão esperada em companhia do seu esposo e dos seus filhos; todos os olhares estariam direcionados para ela e a sua família perfeita, nada e ninguém poderia estragar um dia tão especial.

- Querido, onde estão os miúdos? Desde manhã que não os vejo.

- Devem estar nos quartos, como sempre

- Dona Maria, viu os meus filhos ?

- Hoje, ainda não os vi.

- Como assim, será que estão a dormir, até agora?

- Vá acordá-los, para que não possamos chegar tarde à gala.

- Senhora, senhora, os meninos não estão nos quartos! As camas ainda estão feitas e sequer dormiram em casa.

- Ouvia-se os gritos da Kathleen por todo o lado da casa  até mesmo ao jardim; o seu esposo tentava acalmá-la em vão.

- Calma, querida! Provavelmente, tenham ficado até tarde e acabando por dormir em casa de algum amigo. Eles são jovens. Provavelmente, eles, inclusive, estejam a caminho.

- Se não estiverem em casa daqui a meia hora, chamo a polícia.

- Querida, calma! Tu adiantas para receber os convidados, eu vejo, aqui, como encontrá-los.

- Infelizmente, não posso anular a gala; assim que eles chegarem, que se preparem e venham ter comigo, na gala!

- Está bem. Vai tranquila, estaremos aí, dentro, em breve!

A gala estava sublime, com todos os requintes, as mulheres com trajes sofistcados, com espaços para exibições individuas, iluminação, crapetes, mobília feita à medida.

- Que lindo! Katleen, está de parabéns, tudo perfeito!

- Que bom que gostou.

- Estas radiante!

- Tu também, Kathleen.

- Williams quase não o reconhecia.

Tinha de acompanhar a Rebeca  na sua elegância. Apesar de todos os cumprimentos, o coração de Kathleen estava na sua casa, tentava esconder, com muita dificuldade, o seu mal–estar para o bem dos convidados.

- Roman, como está? Vejo que recuperou bastante desde a última vez em que nos vimos.

- Eu estou bem melhor, obrigado!

- Katleen corria no seu melhor, quando o seu esposo fazia entrada sem os seus filhos.

- Amor, onde estão os miúdos?

- Não chegaram, até agora.

- Amor, o detective Williams está aqui. Vamos falar com ele já, porque não é normal, visto que eles nunca fizeram isso.

Mell, com os seus ciúmes infantis, procurava, a todo custo, provocar Williams, na presença de Rebeca.

- Como foste capaz de trazer, à gala, mesmo sabendo que eu estaria presente?!

- Por favor, Mell, um pouco de compostura, porquanto estamos rodeados de gente!

Mell tinha perdido, completamente, o controlo e a sua voz alterada chama atenção de todos convidados:

- Calma, Mell! – Disse Kathleen.

- Tudo o que dá errado na minha vida, portanto, é culpa tua.

- Não sei o queres dizer com isso, mas não é o momento, por favor!

- Williams, não fazes ideia do que a minha irmã fez, não te passa pela cabeça.

- Cala-te, Mell, por favor!

- Perguntem à Katleen o que ela sabe sobre a Régis.

- Mell, estás embriagada. Aliás, tu sabes que tens problemas com o álcool.

- Já faz meses que preparo esta gala, não a estrague, por favor! Não imaginas como tem sido o meu dia; hoje, os meus filhos desapareceram e não sei por onde começar para encontrá-los.

- Katleen, os teus filhos estão seguros?

- William, por favor! E o que tenho a ver com isso?

- Bem, ignoro o que se está a passar aqui, mas eu e a minha esposa Meg vamos nos ausentar.

- Eu acompanho-vos. – Disse Roman.

- A farsa termina por aqui: ninguém entra, ninguém sai. Marc, por favor, queira aproximar-se? Roman olhava em direcção à porta em busca de escapatória.

- Sei que foi você quem matou a sua esposa.

Os olhares dos convidados quase saem de órbita, ninguém percebeu do que se estava a passar, porque era precisa uma explicação.

1. Pois, bem espero que todos tenham algo nos seus corpos, porque a história é longa e não vai agradar a todos! – Disse Williams, com um tom de ironia.

2. Como é de conhecimento de todos, Régis e Marc estão, aqui presentes, com o empresário Roman.

3. Não conheço nenhum Marc, não sei do que fala.

4. Deixe-me acabar a minha história; logo a seguir, todo o mundo terá uma oportunidade de se explicar; como estava dizendo, o casamento de Marc e Régis era uma farsa.

5. Todos murmuravam, de tal maneira que Williams estava a ser impedido de falar.

6. Posso continuar? Kathleen usava o orfanato com farsa para encobrir o tráfico de bebés. O padre, através das suas missões, convencia as mulheres com problemas a entrarem no sistema de barriga de aluguer; daí eles terem criado o abrigo para mulheres necessitadas; tudo ia à mil maravilhas até ao dia em que Régis, casada com Marc, fugiu o seu marido violento; decidiu quebrar o contrato e guardar o

bebé pondo toda a operação em risco; o passeio no parque foi organizado por Marc e Albert, para os dois terem álibi, enquanto os capangas de Kathleen acabavam com a vida de Régis, não contavam com os jovens que identificaram a camioneta do orfanato.

7. Tudo isso é muito bonito; parece a história da carochinha, tem prova ? Eu recuso-me a ouvir tamanha asneira; sou um médico respeitado, aqui na cidade, e não admito tanta falta de respeito. – Disse  Alberto, mas muito fora de si.

8. Posso continuar? Eu sou o detective, um homem da lei não avançaria nada sem provas. Pois, como dizia e se me permitem prosseguir e eu vou continuar; o jovem Valdir confessou ao padre  o que tinha visto, sem saber que o padre estava a combinar com Kathleen. O pai do Valtir estaria em vida se não tivesse reconhecido um dos homens presentes no acidente e ter feito a ligação, quando os gémeos teriam sido dados como mortos.

9. Eu não tenho nada a ver com esta história, mas os meus filhos estão desaparecidos e preciso de encontrá-los.

10. Kathleen, não sei se ouviu que os seus filhos estão seguros.

11. Não acredito em nada que me diz! Se me deixar continuar, vai perceber-se onde e com quais mesas; quero chegar, com a morte de Régis, Marc ordenou o roubo do feto para que não houvesse ligação; quando o cerco começou a ficar apertado, tentaram desfazer-se do corpo e tentar culpar o grupos de satanista sem contar que eles iriam ter com a polícia. Valdir foi contratado por Rebeca descobre que a

morte do seu pai não foi acidente através do  Tchissole; que queria contratar uns malfeitores para darem uma lição ao seu padrasto, ouvindo um deles vangloriar-se do feito. As amizades dos dois tornaram-se inseparáveis, tanto que Valdir pediu ao padre para acolher  Tchissole no seu lar.

12. Valdir era um alvo por abater e daí o arsênico.

13. A história já está mal contada, quem tomou o arsênico, por fim, foi a Tchissole – grita Marc!

14. Com certeza, é destinado a Valdir que todas as quartas-feira tomava chocolate quente em companhia do pároco e das meninas; ele não sabia que era alérgico ao chocolate; quem bebia era Tchissole, que queria sair do lar e pediu ajuda ao padre, para encontrar a sua avó. A foto de família de Tchissole revela que a sua avó, em verdade, era o seu grande amor de juventude e que Tchissole, na realidade, era a sua neta; o marido da avó morreu de acidente ao sair da festa de casamento, sem nunca se terem envolvido; meus senhores, aconselho-vos a dar um gole aos vossos copos, ainda vem história longa.

15. Não acredito em nada do que diz. – Responde o marido de Kathleen

16. Uma verdadeira perda de tempo meu esposo é inocente diz – Laura, esposa de Alberto.

17. Onde estão os meus filhos? Sou o vereador da cidade e não admito ser feito refém; então, prepare-se pelas consequências.

18. Acredite, senhor vereador,  não vai gostar do fim da história! Continuando, o pároco foi morto, porque ameaçou denunciar Kathleen, quando descobriu que Tchissole seria próxima vítima.

19. O que Kathleen tem a ver com isso? – Pergunta o marido.

20. Vou chegar lá, tenha calma! Katleen é na realidade amante de Marc durante estes anos todos.

21. Chega, não admito gritaria, Kathleen! Estou farta deste espetáculo, seria uma gala de beneficência, mas não um julgamento.

22. Kathleen, vais ter de assumir as consequências dos teus actos. Prosseguindo, eles são os cabeças de toda esta operação; as crianças, geradas pela barriga de aluguer, são vendidas um pouco por toda Europa; o orfanato é o meio de transição, agora, há cereja no bolo. Senhor vereador, tenho mais noticias para si.

23. Se puder terminar com esta palhaçada, eu agradeço-lhe; sou um homem muito ocupado; mas, como vereador, tenho muitos compromissos.

24. Seus gémeos; mas na realidade são os filhos de Rebeca, a sua esposa, infelizmente, é estéril; foi ela quem orquestrou tudo desde o início, eles estão salvos e o teste ADN já foi feito e comprova os dito. Os meus colegas estão lá fora, todos os implicados terão de ir ao comissariado responder pelos actos.

25. Eu sou inocente, Williams. E tu não imaginas como fui obrigada.

26. Mell, lamento, mas não te posso ajudar; todos nós colhemos o que plantamos e tu deciciste este caminho, pro que terá de assumir as consequências.

27. Williams, estou sem saber o que pensar. Mas como tu descobriste tudo isso?

28. Hum, como detective, não és nada mal!

29. É um convite para fazer uma dupla?

30. Quem sabe algum dia?!

31. A que momento tinhas previsto isso? Como sabias que iria acontecer tudo?

32. Eu conheço a Mell e o seu fraco pela bebida: era só provocá-la e  o resto tu já sabes.

33. E o teste de DNA, como o fizeste tão rápido?

34. Eles já foram feitos há algum tempo.

35. Então, tu sabias que eram os meus filhos e não me disseste nada?

36. Para impedir de fazer asneira que fizeste, Joke veio ter comigo e contou-me o teu plano.

37. Ah, Joke, vai ter problemas comigo!

38. Perdoa-me, senhora Rebec! Nunca traiu a tua confiança, tinha de fazê-lo para a sua segurança. – Resmunga Joke.

39. Estás perdoado, meu amigo fiel, sempre estiveste ao meu lado.

40. Bem, agora que está tudo resolvido, que tal jantarmos?

- Será que sou convidada?

- Tchissole responde, claro que sim.

- Inspectora Thena, junte-se a nós!

- Como detective responsável do inquérito, declarou que todos os segredos foram revelados numa semana sem Katleen, nem os seus comparsas.

- Williams, nem todos os segredos foram revelados!

- Rebeca, Rebeca!

- Mell teve um filho que Katleen usou para chantagear, parece que o filho é teu e Joke descobriu que, provavelmente, esteja em França, numa família de acolhimento, porque estamos a tentar descobrir onde exactamente.

- Rebeca, ai, meu DEUS!

- Não te preocupes, está tudo sob controlo Eu resolvo pode ficar tranquilo.

- Bem, se vocês quiserem jantar, aconselho-vos alavancar, porque estes dois não será hoje que vão chegar a um acordo.

– Disse Williams em boa voz, firme e peitos levantados em tom comemorativo.

-       Não podermos jantar aqui, vamos a um restaurante próximo! Afinal, esta gala foi organizada para fins criminosos. E eu sou alérgico aos crimes.(risos)